Bernd Lux | Das Rosenfeld

Über den Autor

Bernd Lux, Jahrgang 1956, lebt mit seiner Ehefrau und der Familie seines Sohnes auf einem Gutshof in Nordhessen.

Der gelernte Landwirtschaftsmeister hat seit seiner Jugend Kurz- und später für seine drei Kinder Gute-Nacht-Geschichten verfasst, aber nie an eine Veröffentlichung gedacht.

Seit er seinen biologisch geführten Milchbetrieb an seinen Sohn übergeben konnte, widmet er sich mehr dem Schreiben und versucht auch in seinem zweiten Roman einige Probleme der heutigen Zeit und der Gesellschaft aufzuzeigen.

Bernd Lux ist passionierter Landwirt und Jäger, eng mit seiner Heimat und der Natur verbunden.

Bernd Lux

Das Rosenfeld

Roman

Die bibliografische Information der Deutschen Nationalbibliothek

Die Deutsche Nationalbibliothek verzeichnet diese Publikation
in der Deutschen Nationalbibliografie; detaillierte bibliografische
Daten sind im Internet über www.d-nb.de abrufbar.

Einbandabbildung: © Maria Sbytova, stock.adobe.com
Herstellung und Verlag: BoD – Books on Demand, Norderstedt
© 2023 Bernd Lux Alle Rechte beim Autor

ISBN: 978-3-7568-4273-5

1

Das leise Klicken der sich schließenden Wohnungstür hörte sich in der stillen Wohnung überlaut an. Jan blieb stehen und lauschte. Er wollte Pamela doch überraschen. Er war für seine Verhältnisse früh aufgestanden, hatte frische Brötchen besorgt und wollte jetzt ein schönes Frühstück machen.

Es blieb still. Erleichtert atmete er aus und ging auf leisen Sohlen in die Küche. Dort suchte er die Kaffeebüchse und fand sie hinter der zweiten Schranktür. Kaffeepulver, Wasser. Einschalten, das lief. Die Brötchen ließ er noch in der Tüte, jetzt wollte er erst zu Pamela.

Als er die Tür zu ihrem Schlafzimmer öffnete, bot sich ihm ein Bild von atemberaubender Schönheit. In den schräg durch das Fenster fallenden Strahlen der Morgensonne tanzten Staubteilchen einen wilden, fast unsichtbaren Tanz. Auf das Bett mit der zerwühlten Decke zeichnete die Sonne Licht und Schatten.

Pamela lag auf dem Bauch. Die Zudecke war nach unten gerutscht und bedeckte nur zur Hälfte ihren Rücken und ein Bein. Das andere war abgewinkelt. Ein Arm lag unter ihrem Kopf, den anderen hatte sie unter das Kissen geschoben. Das

Gesicht zur Seite gedreht schlief sie tief und fest.

Jan ging leise zum Bett, kniete sich davor, schob ihre langen braunen Haare, die wie ein Fächer ihren Nacken bedeckten, zur Seite und drückte einen Kuss auf ihren perfekt geschwungenen Hals.

Langsam zogen sich ihre Mundwinkel nach oben. Sie räkelte sich kurz, zog das Bein unter die Decke und blieb erwartungsvoll still liegen.

Jan zeichnete mit dem Finger langsam und zärtlich vom Nacken hinab die Konturen ihrer Wirbelsäule nach. Lächelnd murmelte Pamela: »Schön, mach weiter.«

Jan küsste sie auf die Schulter.

»Aufwachen, mein Schatz, es ist ein wunderschöner Morgen.«

Pamela drehte sich um und zog die Decke hoch.

»Muss ich wirklich aufstehen?« Sie streckte die Arme nach Jan aus und zog ihn zu sich herunter. »Du kannst doch auch zu mir kommen.«

Jan befreite sich lächelnd.

»Bei aller Liebe, du riechst doch ein wenig abgestanden.« Er stand auf. »Du putzt dir die Zähne, ich mache Frühstück und dann sehen wir weiter.«

»Na warte, ich mach dir so ein Angebot und du sagst, ich rieche abgestanden, das gibt Rache.«

Sie zog das Kopfkissen hervor und warf es dem

in die Küche verschwindenden Jan hinterher.

Kurze Zeit später erschien sie angezogen und frisch auf dem Balkon, wo Jan am Tisch schon auf sie wartete.

»Was hast du angestellt?«

»Warum?« Jan schaute fragend zu ihr hoch.

»Frische Brötchen, Blumen, den Tisch so fein gedeckt, das ist verdächtig.«

»Für die Königin meines Herzens ist mir nichts zu viel, setz dich und genieße es.«

»Du bist ein Spinner, aber vielleicht hab ich dich deshalb so gerne. Danke schön.«

Sie beugte sich zu ihm und drückte ihm einen Kuss auf die Wange. Dann setzte sie sich, griff nach einem Körnerbrötchen, schnitt es auf, häufte einen Löffel Marmelade darauf und biss herzhaft hinein.

»Was machst du heute? Ich muss zur Uni. Die Klausuren nächste Woche haben es in sich. Dass ich am Anfang so faul war, rächt sich jetzt.«

Pamela studierte im vierten Semester Städteplanung. Das Fach war zwar sehr komplex und schwierig, aber es machte ihr großen Spaß. Nachdem sie am Anfang des Studiums erst mal das Studentenleben genossen und die Freiheit, nicht mehr zu Hause zu sein, ausgelebt hatte, war dann ihr Ehrgeiz erwacht.

Nach dem dritten Semester hatte sie Jan kennen gelernt. Er studierte Psychologie, war gut aussehend und hatte auf einer Party mit seiner lockeren Art ihr Herz erobert. Er nahm alles nicht so ernst, genoss das Leben und hielt Pamela immer häufiger vor, durch ihren Ehrgeiz eine Menge zu verpassen.

Er erzählte scherzhaft bei jeder Gelegenheit, dass sie ein Traumpaar wären. Sie könnte in der Zukunft Städte planen und er könnte die Menschen, die darin leben müssten, von ihren Depressionen heilen.

Sie hatte ihn schon einmal darauf hingewiesen, dass ihr diese Aussage nicht gefiel. Er hatte aber nur gelacht und gemeint, das sei doch nur ein Scherz, hörte aber nicht auf, es bei jeder Gelegenheit zu erzählen. Pamela hatte dann immer ein komisches Gefühl.

Aber sie verstanden sich trotzdem gut und ergänzten sich. Pamela mit ihrem Ehrgeiz wurde von ihm gebremst, und sie schob ihn, der alles locker nahm, an.

Jan lächelte.

»Ich glaube, bei diesem Wetter sollten wir etwas Besseres machen als arbeiten. Wir könnten schwimmen gehen. Oder in den Park. Dort könnten wir auch lernen. Oder wir gehen zur Demo, es ist ja Freitag. Wir lassen uns blicken, verschwinden dann und machen was Schönes.«

»Du lernst es nie.« Pamela grinste. »Wir studieren, erinnerst du dich? Wir können nicht nur gammeln. Aber gib mir noch mal den Kaffee.«

Jan reichte ihr die Kanne und wollte gerade antworten, als ihr Handy in der Küche klingelte. Am Klingelton hörte Pamela sofort, dass es ihre Mutter war.

»Oh, Mama, so früh.«

Sie sprang auf und eilte in die Küche. »Morgen, Mama.«

Sie hörte nur ein Schluchzen.

»Mama, was ist denn los, ist was passiert?«

»Ja, Pamela, etwas ganz Fürchterliches.«

»Ist was mit Opa?«

Pamelas Opa war mit seinen dreiundneunzig Jahren noch sehr fit, aber in dem Alter konnte trotzdem viel passieren.

»Nein, Opa geht es gut«, wieder kam ein Schluchzen, »aber Papa … Papa ist heute Nacht gestorben. Kannst du nach Hause kommen?«

Pamela konnte es nicht begreifen.

»NEIN!«

»Doch, Pamela, er ist heute Nacht eingeschlafen. Der Arzt konnte heute Morgen nur noch den Tod feststellen.«

Die Mutter räusperte sich,

»Kannst du nach Hause kommen?«

»Natürlich komme ich nach Hause, ich fahre sofort los!«

Das »Fahr langsam« ihrer Mutter hörte Pamela schon nicht mehr. Sie stürzte auf den Balkon.

»Papa ist tot. Ich muss nach Hause, sofort.«

Sie wollte sich umdrehen, doch Jan war aufgestanden, nahm sie in den Arm und hielt sie fest.

»Das ist schlimm, tut mir leid. Doch fang dich erst mal, so kannst du nicht Auto fahren. Iss dein Brötchen und trink erst mal deinen Kaffee aus. Soll ich mitkommen?«

Pamela setzte sich gehorsam und nahm ihr Brötchen.

»Ich kann es gar nicht fassen. Ihm fehlte doch nichts.«

»Das weiß keiner.«

Er griff über den Tisch nach ihrer Hand. »Soll ich mitkommen?«, fragte er noch einmal.

Sie entzog sich ihm, im Moment konnte sie keine Berührung ertragen.

»Nein, danke für dein Angebot, aber ich fahre allein. Ich kann es gar nicht fassen«, wiederholte sie hilflos.

Sie steckte sich den letzten Bissen Brötchen in den Mund, trank noch einen Schluck Kaffee und stand auf.

»Ich fahre, pass auf meine Wohnung auf. Die Schlüssel hast du ja.«

Jan wollte noch etwas sagen, aber Pamela drehte sich um und verschwand im Schlafzimmer. Sie packte ein paar Sachen in ihre Tasche, eilte, ohne sich noch einmal von Jan zu verabschieden, nach draußen, warf die Tasche in ihren Wagen, der direkt vor der Tür geparkt war, und brauste davon.

Jan stand in der Tür und schaute ihr nachdenklich hinterher.

2

Sie fuhr viel zu schnell und unaufmerksam. Auf der Autobahnauffahrt schnitt sie einen LKW so knapp, dass nur die schnelle Reaktion des Fahrers eine Katastrophe verhinderte. Beim Herumreißen des Steuers schlug der Fahrer wütend auf die Hupe. Pamela erschrak, bremste reflexartig ab und schaute nach links. Der LKW war so dicht, dass sie nur ein großes Rad neben sich sah. Kreidebleich scherte sie hinter dem riesigen Fahrzeug ein und fuhr langsam hinterher.

So ging es nicht. Sie musste sich zusammennehmen. Sie wischte sich mit dem Handrücken die Tränen ab, atmete ein paarmal tief durch und konzentrierte sich auf das Fahren.

Sie wurde ruhiger. Die Panik ebbte ab und die Tränen versiegten. Sie dachte an ihre Familie. Wie würde es jetzt weitergehen?

Ihre Mutter war eine stille, fleißige Frau. Sie war noch sehr jung gewesen, als sie geheiratet hatte. Sie hatte von Landwirtschaft keine Ahnung gehabt, und am Anfang ihrer Ehe war es schon sehr schwer gewesen. Der Hof machte viel Arbeit und warf nur sehr wenig ab. Ihr Schwiegervater war in den letzten Kriegsmonaten noch zur Fliegerabwehr nach Hamburg einberufen worden, gemeinsam mit Hubertus, dem gleichaltrigen Sohn von Bürgers, die auch Landwirte waren. Die beiden waren in der Schule unzertrennlich gewesen. Doch dann hatten sich die beiden Familien zerstritten. Worüber, wurde nie erwähnt. Es musste aber etwas Schlimmes gewesen sein. Die Kinder durften nicht mehr zusammenkommen und jeglicher Kontakt wurde abgebrochen. Zuerst versuchten die beiden Jungen sich heimlich weiter zu treffen. Bei den gemeinsamen HJ-Treffen sahen sie sich ja sowieso. Aber dann war es auch bei ihnen zu einem schlimmen Streit gekommen. Sie gingen sich aus dem Weg, bis sie beide nach Hamburg einberufen wurden.

Dort erlebten sie die letzten Fliegerangriffe mit. Opa kam nach dem Zusammenbruch des Reichs als völlig anderer Mensch nach Hause. Hubertus war gefallen.

Opa sprach von dieser Zeit nicht. Er war schon immer sehr ruhig gewesen, aber nach dem Krieg sprach er noch weniger. Seine Erlebnisse mussten sehr schlimm gewesen sein. Dass Hubertus nicht mehr nach Haus kam, belastete ihn wohl auch sehr, obwohl die beiden Familien völlig zerstritten waren. Von Bürgers wurde bei Pamela zuhause nicht gesprochen. Von ihnen bei Bürgers aber auch nicht, das wusste sie von Martin. Sie hatten als Kinder immer wieder versucht herauszubekommen, warum die beiden Familien so zerstritten waren. Es konnte oder wollte ihnen aber keiner sagen.

Pamela erinnerte sich daran, dass sie Martin während der ersten Schuljahre bei den Hausaufgaben half, ihre Eltern durften es aber nicht wissen. Als Pamela dann die Schule wechselte, verloren sie sich aus den Augen.

Anfang der fünfziger Jahre hatte Opa schließlich geheiratet und Pamelas Vater wurde geboren. Seine Mutter war aber sehr kränklich und verstarb schon sehr früh. Er zog sich immer mehr zurück.

Ein durchdringendes Hupen riss Pamela aus ihren Gedanken. Sie war schon einige Zeit auf der linken Spur gleich schnell wie ein LKW gefahren. Dem Fahrer hinter ihr wurde es zu bunt und er drückte sie zusätzlich mit Lichthupe auf die rechte Spur.

So konnte Pamela nicht weiterfahren. Sie musste mehr auf den Verkehr achten. Sie riss sich zusammen und scherte, als von hinten frei war, wieder aus. Doch ihre Gedanken rutschten schnell wieder ab und wirbelten durcheinander.

Papa würde nicht da sein, wenn sie nach Hause käme, nie mehr. Die Tränen stiegen wieder hoch. Mutter, wie sollte sie zurechtkommen, Vater hatte doch immer alles entschieden. Opa … nach so vielen Schicksalsschlägen jetzt auch noch diesen.

Was sollte überhaupt aus dem Hof werden?

Nachdem ihr Vater ihn übernommen hatte, hatte er schnell gemerkt, dass ein Überleben in dieser Größe nicht möglich war. Er hatte das Vieh abgeschafft und sich eine Arbeitsstelle gesucht. Als die Stadt dann wuchs, Industrie angesiedelt wurde und Land dafür gebraucht wurde, verkaufte er ein Stück nach dem anderen.

Opa konnte das nicht versehen. Er wurde noch schweigsamer und sagte fast gar nichts mehr.

Pamela, sie liebte er abgöttisch. Er drückte seine Zuneigung aber nicht mit Worten aus. Er schaukelte stundenlang wortlos ihre Wiege, fuhr sie mit dem Kinderwagen durch Felder und Wiesen. Später las er ihr Geschichten vor, wenn sie nicht einschlafen konnte, und half ihr bei den Schulaufgaben. Als sie dann größer wurde, zog er sich wieder in seine Welt zurück.

Pamela würde nie vergessen, wie er sie angeschaut hatte, als sie sich vor dem Studium von ihm verabschiedet hatte. Er hatte ihre Hände genommen, ihr tief in die Augen geschaut und gesagt: »Gott behüte dich, mein Kind, alles Gute und vergiss dein Zuhause nicht.«

Das war der längste Satz, den die Familie seit Langem von ihm gehört hatte. Pamela war es kalt den Rücken hinuntergelaufen. Sie konnte nur ein »Danke, mach ich nicht« stammeln, dann hatte sie fluchtartig die Küche verlassen und sich draußen von ihren Eltern verabschiedet.

Das fiel ihr jetzt ein und wieder traten ihr Tränen in Augen.

Sie fuhr mechanisch, ohne auf den Verkehr zu achten. Überholte LKW's und scherte wieder ein. Was rechts und links von ihr war, nahm sie nicht wahr. Jetzt wollte sie nur so schnell wie möglich heim.

Sie wischte sich die Tränen mit dem Handrücken ab und setzte zum Überholen eines überlangen Schwertransporters an, blinkte, schaute in den Rückspiegel und scherte aus. Sie war direkt neben ihm, als sie einen fürchterlichen Schreck bekam. Diese Ausfahrt, an der sie gerade vorbeigefahren war, war ihre. Bis zu ihrem Hof wären es dann nur noch zwei Kilometer gewesen. Jetzt musste sie bis zur nächsten Ausfahrt und dann durch die ganze Stadt zurück. Ein Glück, dass ihre Stadt zwei Anschlüsse hatte, Nord und Süd, der Umweg wäre sonst noch größer gewesen.

Der Schreck war für sie wie ein Aufwachen. Sie schaute zum ersten Mal nach rechts und links über die Leitplanken hinaus. Die Autobahn führte in einem großen Bogen um ihre Stadt herum.

Sie konnte gar nicht glauben, was sie da sah. Zwischen der Autobahn und der Stadt war doch immer ein breiter Streifen Felder und Wiesen gewesen. So hatte sie es in Erinnerung. Auf diese Seite der Stadt war sie auch seit ewigen Zeiten nicht gekommen.

Die Autobahn lag etwas höher und man hatte einen guten Blick auf die Stadt. Sie blickte noch einmal genauer hin. Alles zugebaut. Ein Industriegebiet erstreckte sich von der Autobahn bis an den Stadtrand und hatte alles unter sich begraben.

Wie konnte denn eine so kleine Stadt wie ihre in dieser kurzen Zeit so ein großes Gewerbegebiet stemmen? Der Anblick erschreckte sie so sehr, dass sie darüber kurz ihre Trauer vergaß.

Sie konnte nicht sagen warum, aber ihr Magen zog sich zusammen. Sie hatte plötzlich ein ganz komisches Gefühl. Sie schaute noch einmal hin, es änderte sich aber nichts. Alles zugebaut.

Das hatten sie doch gerade im Studium gelernt. So dicht an Wohnbebauung Industrie anzusiedeln war für die Lebensqualität gar nicht gut.

Sie konnte aber nicht weiter darüber nachdenken. Diese Ausfahrt musste sie nehmen, sie blinkte und verließ die Autobahn. Vorbei an den Zubringerstraßen und den Schildern, die auf die Firmen hinwiesen, fuhr sie in Richtung Altstadt.

Sie kam am Hof von Bürgers vorbei, der direkt am Altstadtrand lag. Früher war er von Wiesen umgeben gewesen, jetzt war direkt daneben ein Autohaus mit Parkplätzen voller Fahrzeuge.

Pamela bremste ab und sah sich um. Der Hof war als solcher nicht mehr zu erkennen, alles war verändert. Die Wirtschaftsgebäude waren zu hellen und freundlichen Wohnungen umgebaut worden. Die Hofstelle war gepflastert und der Garten neu gestaltet worden. Es musste viel Geld gekostet haben.

Pamela fuhr weiter durch die Stadt, vorbei am Juweliergeschäft Hüsch. Mit seinen zwei Schaufenstern rechts und links von der Tür hatte es sich nicht verändert. Es strahlte immer noch eine gediegene Eleganz aus.

Der Marktplatz, das Bürgermeisteramt, der Kindergarten und die Feuerwehr, alles noch so, wie sie es in Erinnerung hatte.

Langsam fuhr Pamela durch ihre Stadt. Hier hatte sich nicht viel verändert. Hier und da ein Haus, das mittlerweile leer stand, aber auch liebevoll restaurierte Häuser.

3

Kurze Zeit später hatte Pamela die Stadt durchquert und sah ihren Hof auf der linken Seite der Straße. Sie setzte den Blinker, bog ab und blieb stehen. Die Sonne ließ das frische Grün der Bäume und Sträucher strahlen und alles sah so unbeschreiblich friedlich und schön aus, wie immer in dieser Jahreszeit.

Sie blicke auf das Wohnhaus. Die breite Haustür war geschlossen, so wie sie es nicht anders kannte. Im täglichen Gebrauch wurde die Tür vom Garten aus ins Haus genommen, die Haustür nur zu besonderen Gelegenheiten. Der Garten mit seiner gewaltigen Buche lag links, rechts die alten Ställe. Hier war ein Gerüst aufgebaut, wahrscheinlich sollte renoviert werden. Die Scheune war schon lange abgerissen worden, wo sie gestanden hatte, war jetzt Rasen.

Die Sonne spiegelte sich in den Fenstern des Wohnhauses. Ob Opa immer noch hinter dem Küchenfenster rechts von der Haustür saß und schweigend nach draußen schaute?

Pamela fröstelte. Obwohl es so aussah, war nichts mehr, wie es mal war.

Sie seufzte, fuhr langsam weiter bis zum Haus und stieg aus.

»Mein Kind, schön, dass du schon da bist.«
Ihre Mutter war aus dem Haus gekommen und
nahm sie in den Arm.

»Mama, es ist furchtbar, ich kann es noch gar
nicht glauben.«

»Wir auch nicht, wir auch nicht. Aber es hilft
ja nichts. Komm erst einmal ins Haus. Opa wartet auch auf dich. Er sagt kein Wort, wie immer,
schaut schon den ganzen Vormittag starr aus dem
Fenster.«

»Ist Papa noch hier?« Pamela traute sich kaum,
es zu fragen.

»Ja. Jetzt warten wir auf den Pfarrer und den
Bestatter. Der Pfarrer müsste jeden Moment
kommen.«

»Aber woran ist Papa gestorben? Er war doch
kerngesund!«

»Offenbar nicht. Der Arzt sagt, dass es ein
Herzinfarkt war. Papa war schon ein paarmal
wegen Beschwerden bei ihm gewesen, aber davon hatte er mir nichts gesagt. Als ich heute vor
Morgengrauen leise aufstand, weil ich schlecht
geträumt hatte, dachte ich natürlich, dass Papa
noch schläft. Aber als das Frühstück fertig war
und ich noch keine Geräusche aus dem Bad hörte, ging ich nachsehen. Er lag immer noch so da,
wie ich ihn verlassen hatte, und reagierte nicht
auf meine Worte. Ich rüttelte ihn an der Schulter.
Und dann … dann wurde mir klar, dass er tot

ist.«

»Mein Gott, Mama.« Pamela nahm ihre Mutter noch einmal in den Arm und drückte sie fest an sich. Sie ließ es kurz zu, dann entzog sie sich der Umarmung.

»Es ist, wie es ist. Wir können es nicht ändern. Komm, Kind, lass uns zu Opa gehen.«

Pamela bewunderte plötzlich die Stärke ihrer Mutter. Wie gefasst sie mit der Situation umging, hätte sie nicht erwartet.

Als die beiden Frauen die Küche betraten, schaute der Opa schon zur Tür und wartete.

»Pamela.«

Er stützte sich auf den Armlehnen seines Stuhles ab und drückte sich langsam hoch.

»Pamela, schön, dass du da bist.«

Pamela eilte zu ihm hin, nahm ihn ganz fest in ihre Arme und drückte ihr Gesicht an seine stoppelige Wange. Die Tränen liefen bei beiden und vermischten sich.

»Opa, es tut mir so leid.«

»Mir auch. Warum musste er vor mir gehen? Ich war doch eigentlich dran. Es ist so ungerecht.«

Er schob Pamela sachte von sich und schüttelte den Kopf.

Pamela hielt ihn noch immer fest, merkte aber, dass ihm das Stehen Schwierigkeiten machte, und half ihm, sich wieder zu setzen.

Pamela schaute zu ihrer Mutter, die schweigend an der Tür stehen geblieben war.

»Kann ich Papa noch mal sehen?«

»Natürlich. Soll ich mitkommen?«

»Sei mir nicht böse, aber ich möchte allein sein.«

»Ist schon in Ordnung.«

Pamela verließ die Küche und ging die Treppe hinauf zum Schlafzimmer der Eltern. Vor der Tür blieb sie erst einmal stehen und atmete tief durch, dann trat sie ins Zimmer.

Auf dem Nachtisch brannte eine Kerze. Ihr Vater lag auf seinem Bett, einen schwarzen Anzug an und die Hände auf der Brust gefaltet.

Pamela trat näher. Sachte legte sie eine Hand auf seine Hände, sie waren eiskalt.

Sie war erstaunt über seinen friedlichen Gesichtsausdruck. Man sah keinen Schmerz oder Verzweiflung. Nur Ruhe und Frieden.

Pamelas Gedanken gingen zurück in ihre Kindheit. Wie sie von ihrem Vater verwöhnt und vergöttert wurde. Das war lange her und jetzt für immer vorbei. Sie bedankte sich in Gedanken und hauchte ihm einen Kuss auf die kalte Wange. Mit dem Handrücken wischte sie sich die Tränen ab, verließ leise das Zimmer und ging wieder nach unten.

Der Rest des Tages ging wie im Flug vorbei. Es kamen Nachbarn, um ihr Beileid auszusprechen, der Pfarrer zur Aussegnung und gegen Abend der Bestatter, um den Verstorbenen abzuholen. Es war so viel Bewegung im Haus, dass die drei, Mutter, Pamela und der Opa, gar nicht zum Nachdenken kamen.

Erst spät am Abend waren sie wieder allein in einem viel zu ruhigen Haus.

»Wie lange kannst du bleiben?«

Die Frage der Mutter beim Abendessen erschreckte Pamela. Jeder war schweigend in seinen Gedanken und Erinnerungen versunken gewesen.

»So lange es sein muss. Ich bleib erst mal hier. Wäre ich doch nur öfter nach Hause gekommen.«

»Es ist gut. Mach dir keine Vorwürfe. Mit so etwas konnte keiner rechnen. Papa war immer stolz auf dich. Wir alle.«

Pamela legte ihre Hand auf die ihrer Mutter.

»Danke, aber ich mach mir trotzdem Vorwürfe.«

»Musst du nicht. Es wäre aber schön, wenn du etwas länger bleiben könntest. Wir müssen ja die Beerdigung planen und dann müssen bestimmt noch viele Sachen geregelt werden.«

Pamela war wieder erstaunt über die Sachlichkeit ihrer Mutter. So viel Stärke, bewundernswert.

»Ich bleib natürlich hier, bis alles geregelt ist. Das mit der Uni bekomme ich schon irgendwie hin. Auf meine Wohnung passt Jan auf und sonst hab ich nichts. Jetzt nicht einmal mehr einen Vater.«

Sie stützte die Ellenbogen auf den Tisch und hielt sich die Hände vor die Augen. Die Tränen liefen ihr durch die Finger.

»Wer ist denn Jan?«

Die Frage der Mutter holte Pamela zurück.

»Äh, mein Freund. Auch ein Student. Wir haben uns vor zwei Monaten kennengelernt.«

»Ist es was Ernstes?«

»Mama, das ist doch jetzt ganz unwichtig.«

Die Antwort war schärfer ausgefallen, als Pamela eigentlich wollte.

War es ernst? Von ihrer Seite ja. Aber wie ernst war es Jan? Sie wusste es nicht.

»Wie geht es jetzt hier weiter? Wer legt denn den Termin zur Beerdigung fest?«

»Der Pfarrer, er kommt morgen zum Gespräch. Wir müssen die Trauerkarten schreiben und den Beerdigungskaffee planen. Auf die Bank müssen wir auch. Bis jetzt hat ja Vater alle Geldgeschäfte geregelt.«

Opa sagte wie immer gar nichts. Nach dem Verzehr einer kleinen Scheibe Brot erhob er sich mühsam und verschwand nach einem gemurmelten »Gute Nacht« in seinem Zimmer. Er ging noch gebeugter als sonst. Der Tod seines Sohnes hatte ihn über alle Maßen erschüttert.

Pamela und ihre Mutter saßen noch eine Weile schweigend am Tisch.

Um die Stille zu brechen, fragte Pamela, was es mit dem Gerüst am Stall auf sich hätte.

»Vater wollte den Stall zu Wohnungen umbauen lassen. Es werden immer welche gesucht. Einen Stall werden wir ja nicht mehr brauchen. Er hat es nicht mehr geschafft.«

Pamela wusste nichts darauf zu sagen.

Nachdem sie noch eine Weile am Tisch gesessen hatten, räumten sie die Küche auf.

»Schlaf ich in meinem alten Zimmer?«

»Natürlich, wo denn sonst. Ich werde aber im Fremdenzimmer schlafen. In unserem Schlafzimmer, ich glaube, das kann ich nicht.«

Pamela nahm ihre Mutter in den Arm. »Das kann ich verstehen, Mama, versuch etwas zu schlafen, wir sehen uns morgen früh, gute Nacht.«

Leise schloss Pamela die Tür ihres Zimmers und schaute sich um. Es war alles wie immer, aber alles anders. Es war nicht mehr ihr kleines Mädchenzimmer, wenn es auch so aussah. Der alte zerfledderte Teddybär saß noch immer auf dem obersten Regalbrett des Regals mit den Büchern und CDs ihrer Kindheit. Die war aber jetzt endgültig vorbei. Wenn sie sonst nach Hause kam, hatte sie immer das gute Gefühl gehabt, einfach an ihre Kindheit anknüpfen zu können. Sie fühlte sich zu Hause geborgen und umsorgt. Hier konnte ihr nichts passieren. Das war jetzt anders.

Ihr Vater war nicht mehr. Sie musste ihrer Mutter helfen, mit dem Verlust fertigzuwerden, und war doch selbst so unendlich traurig.

4

Die nächsten Tage blieb zum Trauern nicht viel Zeit. Es mussten viele Wege erledigt werden. Pamela hätte nie gedacht, dass nach einem Todesfall so viel zu regeln wäre.

Dann kam der Tag der Beerdigung.

Pamela versuchte ganz früh, sofort nach dem Aufstehen, Jan zu erreichen. Es klappte aber wieder nicht, wie bei den vorigen Versuchen.

Es war ein trüber Tag. Die Wolken hingen tief und es wehte ein strammer Wind.

Nach einem schnellen Mittagessen ging Pamela mit ihrer Mutter und Opa zum Friedhof. Es waren schon einige Trauergäste da, um ihrem Vater das letzte Geleit zu geben.

Die Worte des Pfarrers und die der Redner, die ihren Vater über alles lobten und versprachen, ihn nie zu vergessen, hörte sie wie aus weiter Ferne. Sie versuchte zu verstehen, dass vor ihr in dem blumengeschmückten Sarg ihr Vater lag und dass sie ihn nie wiedersehen würde.

Es war wie ein Erwachen, als nach dem Segen des Pfarrers die Trauergemeinde am Grab Abschied nahm und dann bei der Familie anstand, um ihr das Beileid auszusprechen.

Zum Kaffee in den Gemeindesaal kamen viele Leute. Pamela und ihrer Mutter blieb keine Zeit zum Nachdenken.

Pamela hatte Opa einen Platz gesucht, ihn mit Kaffee versorgt und suchte ihre Mutter, als der Bürgermeister sie ansprach.

»Hallo Pamela. Wie geht es dir? Wir haben uns ja schon sehr lange nicht gesehen.«

»Oh, guten Tag, Herr Bürgermeister. Danke, dass Sie auch gekommen sind.«

»Das ist doch selbstverständlich. Das war ich deinem Vater auch schuldig. Ich hatte in letzter Zeit ja auch viel mit ihm zu tun.«

»So, davon weiß ich gar nichts. Ich war ja sehr lange nicht zu Hause. Leider.«

»Mach dir keine Vorwürfe. So etwas kann man nicht voraussehen. Für die, die zurückbleiben, muss das Leben ja weitergehen. Wie ich schon sagte, ich war in letzter Zeit viel mit deinem Vater zusammen. Wenn es dir recht ist, werde ich, wenn alles ruhiger geworden ist, bei euch mal vorbeikommen.«

Pamela schaute ihn verständnislos an.

»Worum geht es denn? Ich hab ja gar keine Ahnung.«

»Hier nicht. Wir können später in Ruhe über alles sprechen. Wie schon gesagt, das Leben geht weiter. Ich muss jetzt auch wieder gehen. Grüße deine Mutter von mir. Und noch mal mein herzliches Beileid.«

Er schüttelte Pamela die Hand und ging durch die Stuhlreihen, hier und da noch ein paar Worte wechselnd, nach draußen.

Pamela schaute ihm hinterher und entdeckte plötzlich Martin Bürger. Der musste sie schon länger beobachtet haben. Er stand auf, knöpfte seine Jacke zu und kam zu ihr.

»Martin, schön, dich zu sehen.«

Sie übersah seine dargebotene Hand und nahm ihn in den Arm.

»Ich freue mich auch, dich zu sehen. Wie geht es dir?«

Sie ließ ihn wieder los und trat einen Schritt zurück. Jetzt erst fielen ihr die tiefen Falten in seinem Gesicht auf.

»Ist deine Familie auch da?«

»Auf dem Friedhof waren sie kurz dabei. Am Grab aber nicht. Zum Kaffee schon gar nicht. Es ist immer noch nicht zu verstehen. So viele Jahre unversöhnlich. Und keiner sagt warum.«

»Sprechen denn unsere Familien immer noch nicht miteinander? Das ist ja traurig. Ich dachte, es ist vielleicht etwas besser geworden. Aber wenn du es sagst. Wir müssen das aber nicht so machen.« Pamela ergriff seine Arme. »Wo können wir uns denn mal treffen?«

»Ich jogge eigentlich jeden Abend bei eurem Feld, dem Rosenacker, das ist ja die einzige Strecke, die noch durch die Natur führt. Oben bei der alten Eiche steht immer noch eine Bank. Das wäre ein guter Platz zum Treffen.«

»Abgemacht. Ich bin noch länger hier, wenn du jeden Abend dort bist, klappt es sicher.«

»Schön, ich freue mich drauf.« Er drehte sich um und ging.

Pamela fiel auf, dass er schleppend und ein wenig gebückt ging, als hätte er eine Last zu tragen.

Am Abend saßen Pamela und ihre Mutter allein beim Abendbrot. Opa hatte sich sofort hingelegt.

Nachdem sie eine Weile recht wortkarg dagegessen hatten, stand die Mutter auf und holte aus der Speisekammer eine Flasche Schnaps.

»Wenn wir meinten, dein Vater und ich, es ginge nicht mehr weiter, dann sagte er immer: Lass uns einen Schnaps trinken. Das Leben geht weiter. So machen wir es jetzt auch. Wir müssen nach vorn schauen. Es ist nicht zu ändern. Wir beide müssen jetzt entscheiden, wie es weitergehen soll.«

Sie schüttete zwei Gläser voll und kippte ihres schnell weg.

Pamela brauchte zwei Anläufe, um das Glas zu leeren.

»Wie soll ich denn entscheiden, wie es weitergehen soll? Ich habe doch gar keine Ahnung, was hier abgeht. Beim Kaffee hat mich der Bürgermeister angesprochen. Er habe in letzter Zeit viel mit Vater zu tun gehabt und wolle in den nächsten Tagen vorbeikommen. Um was geht es denn? Ich weiß doch nichts. Ach so, hast du gesehen, dass Bürgers auch da waren? Martin war auch zum Kaffee, mit ihm hab ich gesprochen, der Rest ist gleich wieder gegangen. Seid ihr immer noch so verfeindet? Mein Gott, muss das sein?«

»Ich weiß nicht warum, aber es hat sich nichts geändert. Ich hab auch nie herausbekommen, warum das so ist. Mir hat das auch nie gefallen. Vater wusste wohl auch nichts und Opa kennst du ja, der schweigt.«

»Und was will der Bürgermeister?«

»Keine Ahnung. Vater war immer allein mit ihm. Erzählt hat er immer erst, wenn alles fest war. Aber wenn er kommt, werden wir es erfahren.«

»Dann werde ich ja auch noch etwas länger bleiben müssen. Heute Abend muss ich noch einmal versuchen, Jan zu bekommen. Ich versteh das nicht, dass der sich nicht meldet.«

Ihre Mutter sagte nichts und schaute sie nur an.

Beim Gute-Nacht-Sagen nahm die Mutter Pamela in den Arm, drückte sie und sagte leise: »Danke.«

Dann ging sie schlafen und Pamela versuchte wieder mal Jan zu erreichen.

Diesmal klappte es.

»Mensch Jan, warum erreicht man dich nicht? Ich hab es schon so oft versucht!«

»Ich, äh, mein Handy hatte Schwierigkeiten, und ich hab Stress an der Uni. Jetzt hat es ja geklappt. Wie geht es dir? Ist alles in Ordnung. Wie geht es deiner Mutter und deinem Opa?«

»Es sind halt schwere Tage. Heute war die Beerdigung. Es waren viele Leute da. Hab auch ein paar Bekannte wiedergetroffen. Aber nun schauen wir nach vorn.«

»Das ist gut. Wann kommst du zurück?«

»Das weiß ich noch nicht. Ich hab meiner Mutter versprochen, noch einige Dinge mit ihr zu regeln. Das dauert noch eine Weile.«

Pamela hatte das Gefühl, mit einem Fremden zu telefonieren. Es fehlte jede Wärme.

»Dann können wir ja wieder telefonieren. Ich muss noch was für das Studium machen. Pass auf dich auf.«

Pamela hoffte eigentlich auf ein »Ich liebe dich« oder »Ich vermisse dich«, doch Jan hatte aufgelegt, noch bevor sie sich verabschieden konnte. Er musste wirklich viel Stress an der Uni haben.

5

Es wurde ruhiger. Die meisten Wege waren erledigt und die Familie gewöhnte sich an die neue Situation. Opa saß wie immer am Fenster neben der Tür und schaute wortlos nach draußen. Mutter begann wieder im Garten zu werkeln und Pamela nutzte die freie Zeit, um ihre Heimat neu zu erkunden. Sie streifte zu Fuß durch die Stadt. Schaute sich Schaufenster an und freute sich, dass es ihre Grundschule noch gab und auf dem Schulhof Kinder tobten wie sie früher.

Sie machte sich Gedanken über ihr Verhältnis mit Jan. Das einzige Telefonat in den Tagen hatte sie doch sehr geärgert und enttäuscht. War sie ihm so unwichtig? Wollte er nur seinen Spaß mit ihr haben? Sie wusste ja von seinem Vorleben, da hatte es viele Mädchen gegeben. Sie hatte aber gedacht, sie sei etwas Besonderes. Oder hatte er wirklich Stress an der Uni?

Was bedeutete denn Jan ihr? Sie hatte doch auch erst nach zwei Tagen bei ihm angerufen. Und so fürchterlich vermisst hatte sie ihn auch nicht, wenn sie ehrlich war. War es von ihr aus etwa auch nur eine Liebelei? Ein netter Zeitvertreib?

Darüber musste sie sich erst einmal klar werden. Vielleicht war die zwangsweise Trennung gar nicht so schlecht.

So weit war sie mit ihren Gedanken gekommen, als ihr Handy in der Tasche summte.

Eine Nachricht von Jan. Hatte er auch gerade an sie gedacht? Ein leichtes Glücksgefühl durchströmte sie.

Es fiel aber sofort wieder in sich zusammen, als sie die Nachricht las:

Hallo, habe Wasserschaden in meiner Wohnung, darf ich vorübergehend in deine ziehen? Gruß Jan

Warum schickte er eine unpersönliche Nachricht und rief nicht an? Pamela konnte es nicht verstehen.

Sie würde auch nicht anrufen. Wütend tippte sie in ihr Handy:

Vorübergehend kannst du das machen.
Gruß Pamela

In ihrer Rage hatte sie gar nicht bemerkt, dass sie immer weiter gelaufen war und jetzt direkt vor dem Juweliergeschäft Hüsch stand. Mit den Worten »So ein eingebildeter Affe« steckte sie ihr Handy wieder in die Tasche.

»Das hört sich an, als wäre dicke Luft.«

Pamela erschrak und schaute hoch. In der Eingangstür des Geschäftes stand eine bemerkenswert gut aussehende alte Dame mit Rollator und schaute sie lächelnd an; ihre letzten Worte hatte sie wohl gehört.

»Nehmen Sie die Männer nicht so ernst. Sie sind doch noch jung und haben Ihr ganzes Leben vor sich. Aber Entschuldigung, ich wollte mich nicht einmischen, geht mich ja gar nichts an. Ich heiße übrigens Hüsch.«

»Oh, angenehm, dann sind Sie die Senior-Chefin von diesem Geschäft. Ich bin Pamela Langenbach. Die Tochter von Heinrich Langenbach, der letzte Woche verstorben ist.«

Pamela kam es vor, als hätten ihre Worte der Frau einen leichten Schreck versetzt.

»Ja, das habe ich gehört. Ich wäre gerne zur Beerdigung gegangen, aber es ging nicht. Mein aufrichtiges Beileid.«

Was hatte die Senior-Chefin vom Juwelier Hüsch mit ihrem Vater oder ihrer Familie zu tun?

Pamela durchzuckte dieser Gedanke, bevor sie sich bedankte.

»Ich warte auf mein Taxi.« Die alte Dame war wohl froh, jemanden zum Reden gefunden zu haben.

»Wenn es das Wetter erlaubt, gehe ich jeden Tag spazieren. Auf der anderen Seite der Stadt ist ein schöner Weg mit einer Bank unter einer alten Eiche. Dort laufe ich gerne. Es ist ruhig da, man kann sich ausruhen und hat einen herrlichen Blick. Auf unserer Seite ist ja alles zugebaut worden. Ob *das* so richtig ist.«

»Das habe ich gesehen, als ich nach Hause kam. Ich bin richtig erschrocken. Das gesamte Gelände vom Stadtrand bis zur Autobahn, alles zugebaut. Und das in der kurzen Zeit. Ich konnte es nicht glauben.«

»Oh, da kommt mein Taxi, alles Gute, und seien Sie nicht so hart zu Ihrem Freund. Tschüss.«

Pamela hätte sich gern noch weiter mit der netten Frau Hüsch unterhalten. Vielleicht sah man sich ja mal wieder. Der Weg, den sie wohl täglich spazieren ging, musste der gleiche sein, von dem ihr auch Martin erzählt hatte. Dort würde sie jetzt hinfahren.

Sie lief zum Marktplatz, um ihr Auto zu holen, und fuhr die Straße zurück. An ihrem Hof vorbei, durch einen Streifen Grünland, am Sportplatz entlang, dann links auf die Straße, die zur Autobahn führte, bis zum nächsten Feldweg, der nach rechts ging. Hier war ein Parkplatz geschaffen worden.

Pamela stieg aus und ließ den Blick wandern. Vor ihr lag ein großes Feld. Direkt am Parkplatz gab es ein Beet mit Blumen zum Selberpflücken. Es war sehr schön anzuschauen. Tulpen und Pfingstrosen blühten noch in voller Pracht. Dahinter waren Gemüse und Salat angebaut, der Rest war mit Kartoffeln bepflanzt. Es sah sehr ordentlich und gepflegt aus.

Pamela musste schlucken. Das hatte alles ihr Vater noch angelegt. Doch wer sollte es jetzt ernten?

Der Weg um das Feld herum war geteert und stieg leicht an. Oben am Kamm stand ein mächtiger Baum. Darunter musste die Bank stehen. Pamela konnte sie aber noch nicht sehen.

Langsam ging Pamela den Weg entlang. Weit vor sich sah sie eine Person langsam und leicht gebückt einen Rollator schieben. Das musste Frau Hüsch sein.

Wenn man nach oben schaute, war es wirklich sehr schön. Links das Feld, rechts des Weges Hecken, in denen Vögel zwitscherten. Es fuhren keine Autos und von dem hektischen Betrieb auf der anderen Seite der Stadt bekam man nichts mit. Wenn man zurückschaute, konnte man über die Stadt hinweg das Industriegebiet zwar sehen, aber es war zu weit weg, um es zu hören.

Es sah bedrohlich aus. Die Bürogebäude und Fabrikhallen überragten die alten Häuser der Stadt. Es hatte den Anschein, als wollte das Neue das Alte wie eine Welle verschlingen. Wo blieb für die Bewohner der Altstadt die Luft zum Atmen? Wo fand ihr Blick noch etwas Schönes, wo blieb die Stille, wenn man die Stadt verlassen hatte?

Pamela musste an Jan denken; hier könnte er als Psychologe arbeiten. Aber in so einer kleinen Stadt, nein, das würde er bestimmt nicht machen. Und überhaupt, würde sie es wollen? Hier für immer leben? Mit ihm zusammenbleiben? Darüber wollte sie jetzt nicht nachdenken und versuchte ihre Gedanken in eine andere Richtung zu lenken.

Sie hatte Frau Hüsch mit ihrem Rollator fast eingeholt. Überholen wollte sie nicht. Sie ging langsamer und schaute sich dann noch mal um.

Der Blick war herrlich. Die Blumen waren nur noch als bunte Tupfer zu erkennen, den Rest des Feldes überzogen die Kartoffeln mit ihrem satten Grün. Sie konnte von ihren Standort jetzt auch das ganze Feld überblicken. Es war sehr groß und geschnitten wie ein Dreieck. Unten lief die Straße entlang. Der Weg, den Pamela jetzt ging, begrenzte es auf den anderen beiden Seiten. Jetzt ging der Weg bergauf, bis zu dem großen alten Baum, unter dem nun die Bank zu erkennen war. Dann knickte der Weg ab und führte wieder zurück zur Straße. Jenseits des Baumes fiel das Gelände bis zur Autobahn wieder ab.

Hier lief also Martin regelmäßig. Schade, dass sie es noch nicht geschafft hatte, sich mit ihm zu treffen. Sie konnte ja auch wieder anfangen zu laufen. Früher war sie gern gejoggt. Warum nicht? Heute Abend könnte sie wieder damit anfangen. Dann würde sie bestimmt auch Martin begegnen. Mit diesem Vorsatz ging sie wieder zurück zum Auto und fuhr nach Hause.

Auf dem Hof sah sie ihre Mutter mit einem Glas Wasser im Garten sitzen. Ihre Knie waren voller Erde, ihr Gesicht war verschwitzt und über ihre Stirn zog sich ein brauner Streifen.

Aber sie sah zufrieden aus. Sie winkte Pamela zu sich.

»Ich hab die alten Stachelbeersträucher entfernt. Sie tragen schon seit einiger Zeit nicht mehr. Vater wollte sie aber immer noch halten. Jetzt konnte ich sie ausgraben.«

Pamela trat zu ihr und legte eine Hand auf ihre Schulter.

»Ach Mama, hast du gut gemacht. Wo gibt es denn das Wasser? Ich hab auch Durst.«

»Musst du dir in der Küche holen. Hier ist keins mehr. Übrigens hat der Bürgermeister angerufen. Wenn es uns passt, will er morgen früh vorbeikommen. Ich hab nichts vor. Wie ist es mit dir?«

»Ich hab auch nichts vor. Heute Abend will ich wieder mit Laufen anfangen. Ich war bei unserem Rosenacker. Es sieht mit den Blumen richtig toll aus.

Übrigens hab ich die alte Frau Hüsch getroffen. Als ich mich vorgestellt habe, hatte ich das Gefühl, dass sie kurz erschrocken war. Dann hat sie mir aber erzählt, dass sie auch gern zur Beerdigung gekommen wäre und so oft wie möglich am Rosenacker spazieren geht. Ein Taxi hat sie abgeholt und dann hab ich sie am Rosenacker auch laufen sehen. Haben wir was mit Juwelier Hüsch zu tun?«

»Nun ja, wir waren Kunden bei ihnen. Unsere Uhren haben wir von dort. Und wenn Vater zu besonderen Anlässen mal Schmuck kaufte, war der auch von Hüsch. Sonst wüsste ich nichts. Weißt du was, ich weiß sehr wenig. Das macht mir manchmal richtig Angst.«

»Mach dir keine Sorgen. Es ist schon alles gut. Ich hol mir jetzt mein Wasser und schau mal nach den Laufschuhen. Meine alten müssten ja noch irgendwo sein.« Pamela stand auf.

»Die stehen im Regal unter der Treppe. Ich hab sie aufgehoben.«

Pamela beugte sich zu ihrer Mutter hinunter und drückte ihr einen Kuss auf die Wange.

»Danke.«

6

Pamlea hatte sich alte Sachen zusammengesucht, und ihre Mutter lachte laut los, als sie in die Küche kam, um sich zu verabschieden. Erschrocken hielt sie sich aber gleich eine Hand vor den Mund.

»Ich glaube, du darfst lachen, Mama, Papa hätte nichts dagegen.«

Pamela lächelte ihre Mutter aufmunternd an.

Sogar der Opa hatte leicht den Mund verzogen als er sie gesehen hatte, es war fast ein Lächeln.

Ein gelbes Stirnband, rotes T-Shirt, schwarze Leggins und grüne Schuhe.

»Du siehst aus wie ein Papagei. Wenn man dich auf den Kopf stellt, bist du eine Deutschlandfahne. Viel Spaß beim Laufen.«

Schmunzelnd hatte die Mutter sich wieder dem Herd zugewandt und Pamela war gegangen.

Der Parkplatz war noch leer, als sie ankam. Sie war enttäuscht, dass Martin nicht da war. Sie hätten doch einen festen Termin ausmachen sollen.

Pamela stieg aus und lief los. Einfach so, sie bedachte nicht, dass sie lange nicht gelaufen war und der Weg bergauf führte.

Sie merkte sehr schnell, dass sie falsch angefangen hatte. Jetzt wollte sie es aber durchziehen.

Bis zur Bank musste sie es schaffen. Dort konnte sie sich ausruhen.

Mit Seitenstechen und völlig außer Atem kam sie bei der Bank an.

Als sie sich endlich setzen konnte, bemerkte sie Martin, der wohl direkt hinter ihr gelaufen war. Lächelnd setzte er sich neben sie.

»Na, besonders viel trainiert hast du wohl nicht. An deiner Kondition müssen wir noch etwas arbeiten.«

Pamela schnappte nach Luft.

»Ja, ich bin wohl doch etwas aus der Übung. Aber ich habe es immerhin bis hierhin geschafft. Das war mein Ziel. Dich hab ich gar nicht bemerkt. Bist du die ganze Zeit hinter mir gewesen?«

»Nein, du warst schon ein ganzes Stück vor mir, aber du wurdest ja immer langsamer. Überholen wollte ich dich aber nicht. Es war schön, dir von hinten zuzuschauen. Eigentlich ja gemein, aber lustig.«

Er grinste sie freundlich an. Sie hatte sich so weit gefangen, dass sie ihn auch anschauen konnte.

Das Grinsen vertiefte die scharfen Falten in seinem Gesicht nur noch.

Pamela erschrak. Was hatte ihn so altern lassen? War er krank?

»Wie ist es dir seit der Schule ergangen?«, fragte sie. »Wir haben uns ja, Moment, das müssen über zehn Jahre sein, nicht mehr gesehen.«

»Es sind dreizehn Jahre. Seit du aufs Gymnasium gewechselt bist, hatten wir keinen Kontakt mehr. Ich fand das schade. Aber durch den Krach unserer Alten war es auch schwierig. Ich kann einfach nicht verstehen, wie man so stur sein kann.«

»Ich auch nicht. Es sagt ja auch keiner, warum unsere Familien so verfeindet sind. Können wir das nicht irgendwie herausfinden?«

»Wie denn, wenn keiner was sagt.«

»Ich dachte, wir könnten uns über was Schönes unterhalten. Und jetzt sind wir schon wieder bei den alten Problemen angelangt. Was hast *du* denn nach der Schule gemacht? Erzähl mal.«

Pamela schaute Martin erwartungsvoll an.

»Erst mal hab ich gar nichts gemacht. Ich konnte mich nicht entscheiden. Ich hab mal hier und mal da gearbeitet. Möglichkeiten gab es ja in unserer Nachbarschaft genug. Die haben das ganze Land ja in so einer kurzen Zeit zugebaut, eine Wiese und ein Acker nach dem anderen verschwand unter Teer und Beton.«

»Das hab ich gesehen, als ich gekommen bin. Bis zu eurem Hof ist alles zugebaut.«

Martin zuckte mit den Schultern.

»Finanziell war das natürlich gut für uns. Vater konnte das Land gut verkaufen, wir konnten die Wirtschaftsgebäude zu Wohnungen umbauen, und er bekam einen guten Posten. Es geht uns so gut wie nie zuvor. Aber ist das alles?«

Er stützte sich mit den Ellenbogen auf den Knien ab und schaute versonnen in die Ferne.

»Ich konnte es einfach nicht mehr ertragen, da bin ich zur Bundeswehr gegangen. Es war der einfachste Weg, von zu Hause fortzukommen.«

In diesem Moment summte Pamelas Handy in ihrem Hosenbund. Sie stand auf und ging ein paar Schritte zur Seite.

»Hallo Jan, warum meldest du dich denn nicht? Ich hab wieder so oft versucht, dich zu erreichen.« Pamela wurde immer lauter.

»Ich hatte dir doch gesagt, dass ich Schwierigkeiten mit meinem Handy hatte und Stress an der Uni. Dann auch noch der Wasserschaden in meiner Bude. Gott sei Dank lässt du mich ja in deiner Wohnung wohnen.«

»Aber nur vorübergehend. Bis ich wiederkomme, bist du wieder ausgezogen.«

Pamela wusste selbst nicht, warum sie jetzt darauf bestand.

»Das ist schon klar. Aber wie geht es dir ? Habt ihr alles regeln können?«

»Es gibt noch ein paar Sachen, bei denen ich meiner Mutter helfen muss. Es wird noch eine Weile dauern. Aber ich komm so schnell ich kann wieder zur Uni.«

Sie sagte nicht: *Zu dir.*

»Um die kümmer ich mich jetzt auch wieder. Ich muss noch lernen. Pass auf dich auf, bis bald.«

Pamela konnte es gar nicht fassen. Er hatte sie einfach abgewürgt. So verhielt man sich doch nicht, wenn man verliebt war. Aber war *sie* es denn noch? Sie hatte doch auch kein liebes Wort zu Jan gesagt, sondern ihn gleich mit Vorwürfen überschüttet. Was war nur mit ihren Gefühlen? Ihre Laune war auf den Nullpunkt gesunken.

Sie ging die paar Schritte zurück zu Martin und setzte sich wieder. Die untergehende Sonne warf lange Schatten und zauberte ein wunderschönes Licht. Pamela nahm es nicht wahr, in ihr machte sich Wut breit. Martin schaute sie an.

»War das dein Freund? Entschuldigung, aber das hat sich eher so angehört wie bei einem alten Ehepaar, das im Streit lebt.«

»Gute Ratschläge haben mir gerade noch gefehlt.«

»Sorry, ich wollte dir nicht zu nahe treten. Aber es war ja nicht zu überhören.«

Pamela wurde immer ungerechter.

»Hast du denn eine Beziehung? Bis jetzt hab ich dich nur allein gesehen. Ich glaube nicht, dass du zu anderen Leuten Kommentare abgeben solltest.«

Martin stand auf und schaute Pamela traurig an.

»Ist ja in Ordnung, machen wir da weiter, wo

unsere Alten aufgehört haben. Ich hatte eigentlich was anderes erwartet, aber ich wünsche dir trotzdem viel Glück.«

Er drehte sich um und lief zurück.

Pamela saß wie versteinert auf der Bank. Was hatte sie jetzt wieder angerichtet? Es hatte doch so gut angefangen mit Martin.

Sie wollte aufspringen und ihm hinterherlaufe, doch er war schon zu weit entfernt. So blieb ihr nur, ihm ein leises »Tut mir leid, Martin« hinterherzuschicken.

Sie stand auf und ging den Weg langsam zurück. Wie sollte sie das wieder gut machen? Martin hatte es doch bestimmt nur gut gemeint. Er hatte auch recht, das Telefonat mit Jan war schon etwas seltsam gewesen.

Wie stand sie denn zu Jan? War es von ihr aus auch nur Zeitvertreib gewesen? Wieder dieser Gedanke.

Es hatte sie schon etwas stolz gemacht, den Frauenschwarm Jan an ihrer Seite zu haben. Aber tiefere Gefühle? Sie hatten in der Zeit, die sie zu Hause war, nur dreimal telefoniert.

Sie musste aber zugeben, dass sie ihn nicht besonders vermisst hatte. Diese Erkenntnis versetzte ihr einen kleinen Stich.

Als sie ihr Auto erreicht hatte, war von Martin nichts mehr zu sehen. Sie lehnte sich an ihren Wagen und schaute zurück. Die Sonne war untergegangen und die Eiche war in der Ferne nur noch schemenhaft zu erkennen. Martin hatte doch gesagt, dass er regelmäßig hier lief. Sie würde ebenfalls wiederkommen. Mit diesem Vorsatz fuhr sie nach Hause.

7

Beim Frühstück am nächsten Morgen rätselten Pamela und ihre Mutter darüber, was der Bürgermeister wohl von ihnen wollte. Die Mutter versuchte ihre Unwissenheit wieder zu entschuldigen.

»Alles hat Vater geregelt. Er hat uns immer vor vollendete Tatsachen gestellt. War ja auch immer gut so. Ich hab mich auch daran gewöhnt und mich um nichts gekümmert, das wollte er auch nicht. Wenn ich mal was wissen wollte, hat er immer gesagt, ich solle mich um meine Küche kümmern. Damit war das Thema erledigt. Dass er einmal so schnell von uns geht und wir dann gar nichts wissen, damit hat keiner gerechnet. Aber zum Glück bist du ja da«, die Mutter zuckte mit den Schultern, »und wir werden ja sicher gleich erfahren, worum es geht. Kannst du Opa zu seinem Stuhl am Fenster helfen? Ich mach die Küche fertig.«

Pamela half dem Opa und sah den Bürgermeister pünktlich um zehn auf den Hof fahren. Sie sah, wie er ausstieg, sich seine Aktentasche unter den Arm klemmte und lange auf den eingerüsteten alten Stall schaute. Dann kam er zur Tür und schellte.

Pamela machte auf und gab ihm die Hand.

»Guten Morgen, kommen Sie herein.«

»Guten Morgen, Pamela«, er schaute sie freundlich, aber fragend an, »ich darf doch noch *du* sagen? Es ist zwar schon sehr lange her, dass wir uns das letzte Mal gesehen haben, aber zu eurer Familie hab ich ja immer ein besonderes Verhältnis gehabt.«

Pamela wusste diese Herzlichkeit nicht einzuordnen. Ein besonderes Verhältnis konnte er nur zu ihrem Vater gehabt haben, sie und ihre Mutter wussten davon nichts.

Sie gingen in die Küche. Der Bürgermeister trat zum Opa und reichte ihm die Hand.

»Guten Morgen, wie geht es Ihnen?«

Der Opa blickte zu ihm hoch, ignorierte die dargebotene Hand und schaute wieder aus dem Fenster.

Verlegen lächelnd kam der Bürgermeister zum Tisch und setzte sich auf den angebotenen Stuhl.

»Trinken Sie einen Kaffee?« Die Mutter stellte Tassen auf den Tisch.

»Gerne. Wie geht es Ihnen heute? Wenn Sie noch irgendwelche Hilfe brauchen, können Sie mich jederzeit ansprechen.«

»Danke, aber Pamela ist mir schon eine große Hilfe.«

Die Mutter legte ihre Hand auf Pamelas und drückte sie.

Der Besucher schaute zu Pamela.

»Was studierst du denn?«

»Städtebau und Architektur.«

Der Bürgermeister schien erfreut.

»Da haben wir ja eine Fachfrau am Tisch. Damit können wir auch gleich zum Grund meines Besuches kommen. Frau Langenbach, wie Sie sicher wissen, habe ich mit Ihrem Mann schon länger über den Verkauf Ihres Grundstücks *Der Rosenacker* verhandelt.«

»Davon weiß ich nichts. Wenn es da Verhandlungen gab und die weitergeführt werden sollen, dann müssen Sie meine Tochter und mich erst einmal informieren, worum es überhaupt geht. Mein Mann hat uns nichts erzählt.«

Pamela war einmal mehr erstaunt über ihre Mutter. In ihr steckte wohl mehr Stärke, als man vermutete.

»Äh, ja, wenn das so ist, dann will ich es Ihnen erklären.«

Pamela schaute zufällig zum Opa und sah, dass er den Kopf zu ihnen gedreht hatte und genau zuhörte.

»Also«, der Bürgermeister nahm eine Flurkarte aus seiner Aktentasche und breitete sie auf dem Tisch aus. »Ich darf doch? Also, es ist so, unsere kleine Stadt hat das Glück, einem ausländischen Investor aufgefallen zu sein. Er hat uns bei der Ausweisung des Gewerbegebietes auf der anderen

Seite der Stadt unterstützt und Millionen investiert.«

Mit dem Zeigefinger strich er über das betreffende Gebiet auf der Flurkarte.

»Dadurch haben wir viele Arbeitsplätze schaffen können und haben hohe Gewerbesteuereinnahmen. Das kommt allen zugute. Für unsere Stadt ist das ein großer Gewinn.«

Pamela und ihre Mutter hörten mit unbewegter Miene zu. Der Bürgermeister trank einen Schluck Kaffee. Als immer noch keine Reaktion von den Frauen kam, räusperte er sich und erklärte weiter.

»Nun möchte der Investor weiterinvestieren. Deshalb wollen wir noch ein Gewerbegebiet ausweisen. Und damit sind auch Sie betroffen. Das neue Gebiet soll auf dieser Seite der Stadt entstehen. Wie Sie sicher wissen, gehört das meiste Land auf dieser Seite Ihnen, das größte Stück ist der Rosenacker. Deshalb komme ich auch als Erstes zu Ihnen. Mit Ihrem Mann oder deinem Vater hatte ich schon einmal gesprochen und verhandelt. Er wollte sich die Sache überlegen. Weiter sind wir nicht gekommen.«

Pamela antwortete als Erste.

»Ich war ja lange nicht zu Hause, und wenn, dann war ich nicht auf der anderen Seite der Stadt. Und ich muss sagen, ich bin eigentlich gar nicht so glücklich über diese Entwicklung. Wenn

Sie nun auf unserer Seite auch noch alles verbauen, dann ist die Stadt komplett von Industrie umzingelt. Ich glaube nicht, dass das eine gute Entwicklung ist.«

Pamelas Mutter nickte zustimmend.

»Ich nehme eure Bedenken schon ernst. Ihr sollt das Land ja auch nicht verschenken. Es wird ein angemessener Preis bezahlt. Ich hab gesehen, dass ihr ein Gerüst an den alten Stallungen stehen habt. Wollt ihr auch Wohnungen einrichten? Da könnte ich euch schon helfen. Und finanziell würde euch der Verkauf der Ländereien auch helfen. Es kostet ja alles sehr viel Geld.«

»Ich glaube nicht, dass Sie sich Gedanken über unsere finanzielle Situation machen müssen.« Die Mutter klang etwas verärgert. »Aber so eine Entscheidung kann man nicht so leicht treffen. Der Rosenacker ist einfach etwas Besonderes.«

Der Opa hatte regungslos zugehört. Jetzt schaute er wieder nach draußen.

»Ich kann verstehen, dass das jetzt alles etwas plötzlich für Sie beide kam. Wie ich am Anfang schon sagte, mit Ihrem Mann oder deinem Vater hatte ich schon gesprochen. Er war nicht abgeneigt. Dass Sie jetzt aber erst einmal überlegen müssen, ist ja klar. Ich würde sagen, wir treffen uns in einer Woche auf dem Bürgermeisteramt. Dann kann ich Ihnen auch Zahlen nennen. Der Magistrat tagt bis dahin noch einmal und mit dem Investor habe ich auch noch einen Termin. Dann sind wir schon wieder einen Schritt weiter.«

Er faltete die Karte wieder zusammen und verstaute sie in seiner Aktentasche. Er stand auf und reichte den Frauen die Hand.

»Vielen Dank für den Kaffee. Ich denke, wir telefonieren wegen des Termins nächste Woche.«

Dem Opa nickte er nur zu, dieser reagierte aber nicht und schaute weiter aus dem Fenster.

Pamela begleitete den Bürgermeister zur Tür und kam dann wieder in die Küche.

»Ist noch Kaffee da?«

Sie schenkte sich die Tasse noch einmal voll und schaute ihre Mutter an.

»Hat dir Papa nichts darüber gesagt?«

»Nein, ich wusste bis jetzt nichts davon. Aber er hat mir bei den anderen Verkäufen auch immer erst davon erzählt, wenn alles geregelt war. Ich hatte dir ja gesagt, ich weiß sehr wenig.«

»Heißt das, ihr habt schon mehr Land verkauft?«

»Na sicher, wir hatten auf der anderen Seite der Stadt ja auch Flächen. Aus diesem Grund brauchen wir uns um Geld auch keine Gedanken zu machen. Dein Vater hat das Geld von den Verkäufen gut angelegt. Deshalb habe ich mich auch geärgert, als der Bürgermeister meinte, um den Stall zu renovieren, müssten wir verkaufen. Das ist absurd.«

»Dann ist jetzt der Rosenacker das letzte Feld, das wir haben? Es ist schon ein komisches Gefühl. Wir hätten dann gar kein Land mehr.«

»Man darf aber auch nicht vergessen, dass jetzt eine Gelegenheit zum Verkaufen wäre. Wie soll es denn überhaupt weitergehen? Dein Vater ist tot, du bist fort zum Studieren und ich sitze mit Opa, der schon über neunzig ist, hier fest. Wenn mit Opa was passiert, bin ich ganz allein. Was soll ich dann noch hier?«

Pamela legte ihre Hände auf die ihrer Mutter.

»Ich hab doch noch gar keine Pläne für die Zukunft. Wo ich mal lande, wenn ich mit Studieren fertig bin, darüber hab ich mir noch gar keine Gedanken gemacht. Aber ich verspreche dir, dass ich dich nicht allein lasse, ich werde öfter nach Hause kommen und mich mit dir um alles kümmern. Das verspreche ich dir.«

Pamelas Mutter traten Tränen in die Augen.

»Ich danke dir. Aber was machen wir jetzt? Wir müssen uns doch entscheiden.«

»Ich denke, wir sollten nichts überstürzen. Wenn das Geld nicht wichtig ist, dann brauchen wir uns nicht unter Druck setzen zu lassen. Wir können in Ruhe eine Entscheidung treffen.«

Pamela trank noch einen Schluck Kaffee und verzog das Gesicht.

»Jetzt ist er kalt. Also, ich meine jetzt aus dem Bauch heraus, wir sollten nicht verkaufen. Gewerbesteuer ist ja das eine, aber eine Stadt lebenswert zu erhalten das andere. Wenn unsere Stadt komplett von Industrie umgeben ist, dann noch die Autobahn in der Nähe, was ist denn dann noch lebenswert hier?«

Der Opa hatte sich ihnen zugewandt und hörte zu.

»Ich kann mir das gar nicht vorstellen. Der Rosenacker zugebaut? Das ist doch ein schrecklicher Gedanke. Warum heißt das Feld eigentlich Rosenacker?«

»Das weiß ich auch nicht. Es wurde schon immer so genannt.«

»Jetzt passt der Name aber. Unten an der Straße das Blumenfeld mit den Pfingstrosen. Es sieht schön aus.«

Pamela zupfte an ihrem Daumennagel herum.

»Jedenfalls müssen uns irgendwie entscheiden. Ich hab keine Ahnung, wie wir es letztlich richtig machen. Das Feld bewirtschaften, so wie es Papa gemacht hat, das wird nie wieder werden. Aber verkaufen kann man nur einmal.«

Sie stützte den Kopf in ihre Hände und seufzte.

»Am liebsten würde ich jetzt erst einmal eine Runde laufen, um den Kopf frei zu bekommen.«

»Dann mach das doch.« Die Mutter legte ihre Hände auf den Tisch. »Ich werde Mittagessen machen. Lass uns erst noch eine Zeit darüber nachdenken. Lauf du eine Runde und ich koche. Tut uns beiden gut.«

Pamela fuhr auf den Parkplatz am Rosenacker und stieg aus. Auf dem Blumenfeld pflückte ein Herr Pfingstrosen. Andere Blumen begannen bereits zu blühen. Pamela kannte sie nicht, aber sie sahen sehr schön aus. Fast schon oben bei der Bank angekommen, sah sie in einiger Entfernung eine Person mit Rollator langsam laufen. Das musste Frau Hüsch sein. Schön, sie würde sich bestimmt auf der Bank ausruhen. Pamela freute sich auf eine kurze Unterhaltung, lief los und kam gleichzeitig mit der alten Dame bei der Bank an.

»Ach hallo, das ist aber schön, dass wir uns wieder treffen.«

»Guten Tag, ja, das ist nett.«

Pamela setzte sich auch und atmete tief durch.

»Können wir uns beide etwas ausruhen. Ich bin lange nicht gelaufen, das rächt sich.«

»Ich laufe so oft es geht diesen Weg. Wenn man so alt ist wie ich, dann muss man die Zeit nutzen, wer weiß, wie viel man noch hat. Das ist ja auch so ein schöner Platz mit einer herrlichen Aussicht. Das muss man einfach genießen.«

»Die Aussicht ist wirklich zauberhaft. Es wäre schön, wenn es immer so bleiben könnte.«

»Warum sollte es nicht so bleiben?«

Pamela schaute die alte Dame an. Sie war so

nett, ihr konnte sie bestimmt von den Plänen des Bürgermeisters erzählen.

»Meine Mutter und ich hatten heute Morgen Besuch vom Bürgermeister. Er hat uns erklärt, dass er mit meinem Vater schon Verhandlungen geführt hat. Es soll auch auf dieser Seite der Stadt ein Gewerbegebiet entstehen. Es gibt wohl einen Investor, der viel Geld bietet und mit hohen Gewerbesteuereinnahmen winkt. Wir müssen jetzt entscheiden, was werden soll.«

Frau Hüsch legte erschrocken eine Hand vor den Mund.

»Das können die doch nicht machen. Unser Rosenacker zugebaut. Das geht nicht.«

Pamela war so in Gedanken, dass ihr die Wortwahl »*unser* Rosenacker« erst einen Moment später bewusst wurde.

Irritiert sah sie die alte Frau an.

»Wie meinen Sie das?«

»Ach, das ist mir nur so rausgerutscht. Wahrscheinlich weil ich hier immer laufe und die Aussicht so herrlich ist.«

Dann wechselte sie abrupt das Thema.

»Was ist denn mit Ihrem Freund geworden? Haben Sie sich wieder versöhnt?«

Pamela seufzte.

»Ich weiß es nicht. Ich bin mir so unsicher. Einerseits bin ich sauer auf ihn, weil er sich nicht meldet oder an sein Handy geht, wenn ich ihn anrufe, andererseits vermisse ich ihn. Ich bin so durcheinander.«

Frau Hüsch nickte.

»Ja, die Gefühle spielen schon manchmal verrückt. Aber lassen Sie sich von einer alten Frau einen Rat geben: Spielen Sie niemals mit ihnen.«

Ganz leise fügte sie hinzu: »So wie ich.«

Bevor Pamela irgendwie reagieren konnte, stand Frau Hüsch auf und stützte sich auf ihren Rollator.

»Mein Taxi kommt gleich. Ich wünsche Ihnen viel Glück, und überlegen Sie sich alles sehr gut. Vielleicht treffen wir uns ja hier oben mal wieder. Alles Gute.«

»Danke schön, Ihnen auch alles Gute.«

Nachdenklich schaute Pamela der alten Dame nach.

Was hatten die Nebensätze von Frau Hüsch zu bedeuten? Das Erschrecken über die Pläne der Stadt war echt gewesen. *Unser Rosenacker*, das war ihr nicht nur so herausgerutscht, und *nicht mit Gefühlen spielen, so wie ich*. Gab es doch eine Verbindung zwischen der alten Dame und ihrer Familie?

Wenn der Opa doch nur sprechen würde. Die beiden alten Leute mussten doch fast gleich alt sein. Wenn es Gemeinsamkeiten und Geheimnisse gab, dann musste er sie kennen. Sie musste versuchen, mit ihm zu reden.

Sie schaute auf die Uhr. Bis zum Essen war noch etwas Zeit. Eigentlich eine Gelegenheit, mit Jan zu telefonieren. Plötzlich hatte sie Sehnsucht nach ihm. Sie wollte seine Stimme hören und durch seine lockere Art von ihren Problemen etwas abgelenkt werden. Es tat bestimmt gut, über etwas anderes zu sprechen, vielleicht konnte er ihr ja auch einen guten Rat geben. Oder noch besser, er hatte Zeit und konnte für ein paar Tage herkommen. Er kannte ihr Zuhause ja nur von ihren Erzählungen. Sie dachte nur ganz kurz an das letzte Gespräch mit ihm.

Erwartungsvoll tippte sie seine Nummer ein und wartete.

Nach dem dritten Klingeln hörte sie Jans Stimme.

»Hallo Pamela, schön, dass du anrufst, wie geht es dir? Habt ihr alles regeln können? Kommst du bald zurück? Wie geht es deiner Mutter? Hier ist alles gut. Der Schaden in meiner Bude wird repariert. Bald kann ich hier ausziehen.«

»Bist du bei mir in der Wohnung? Ich denk, du bist an der Uni?«

»Nein, ich lerne. Ich hab ja auch Klausuren. Und hier hab ich Ruhe. Aber sag, wann kannst du wiederkommen?«

»Das dauert wahrscheinlich noch eine ganze Zeit. Heute Morgen war der Bürgermeister bei uns. Die Stadt will noch ein Gewerbegebiet ausweisen, und dazu brauchen sie unser Land. Jetzt wissen wir nicht, wie wir entscheiden sollen. Auf der einen Seite würde es uns viel Geld bringen, aber unsere Stadt wäre dann vollkommen von Industrie umschlossen. Und das, so habe ich es auch an der Uni gelernt, ist nicht gut.«

»Na, wenn es aber viel Geld bringt. Man kann doch dann woanders hinziehen, wo es schöner ist. Mit viel Geld kann man doch viel regeln.«

Pamela war enttäuscht. Aber es war ihr ja eigentlich klar gewesen, dass Jan so reagieren würde. Sie wollte sich aber nicht schon wieder zanken und versuchte ein anderes Thema zu finden, da hörte sie das Röcheln ihrer altersschwachen Kaffeemaschine.

»Kochst du dir gerade einen Kaffee? Ich höre es bis hierher.«

»Ja, ich muss ja irgendwie wach bleiben, der Stoff ist so trocken.«

Dann hörte Pamela ein Geräusch, das konnte gar nicht sein, sie musste sich verhört haben. Jan stand doch in der Küche, sie hatte doch deutlich die Kaffeemaschine gehört.

Das andere Geräusch kam von der Klospülung.

»Jan, wer ist bei dir in meiner Wohnung?« Pamelas Stimme überschlug sich fast.

»Hä? Quatsch, ich bin allein hier.«

»Dann kochst du dir auf dem Klo Kaffee. Ich

hab ganz deutlich die Spülung gehört. Wer ist bei dir?«

»Nun stell dich mal nicht so an. Du bist einfach fortgefahren, hast dich tagelang nicht gemeldet und jetzt regst du dich so auf?« Jans Stimme hörte sich plötzlich kalt an.

Pamela schrie fast.

»Ich bin *einfach so* fortgefahren? Mein Vater ist gestorben, kannst du dich noch erinnern? Das geht vielleicht in dein Psychogehirn nicht rein, dass dann eine Familie zusammensteht. Aber bei uns ist das so. Du packst sofort deine Sachen und verlässt mit wem auch immer meine Wohnung. Lass dich nie wieder bei mir blicken. Den Schlüssel wirfst du in den Briefkasten. Ich sag dem Hausmeister Bescheid, dass der das kontrolliert. Mach, dass du da rauskommst, ich will dich nie wieder sehen.«

Wütend tippte sie auf das rote Hörersymbol.

Dass Jan ein Frauenheld war, wusste sie ja, aber eine solche Frechheit hatte sie ihm dann doch nicht zugetraut. Sie atmete tief durch. Die Worte von Frau Hüsch fielen ihr wieder ein: *Spielen Sie nie mit Gefühlen.*

Sie hatte nicht gespielt, aber Jan, er hatte sie nur benutzt. So ein Arsch. Ihre Wut wurde immer größer. Nicht nur auf Jan, sondern auch auf sich selbst. Wie konnte sie nur auf ihn hereinfallen?

In ihrer Wut hatte sie nicht bemerkt, dass

Martin auf dem Weg von der anderen Seite angelaufen kam. Er war wohl auch so in Gedanken gewesen, dass er sie erst bemerkte, als er schon fast bei der Bank angekommen war.

Sie erschrak, als Martin hinter ihr plötzlich »Hallo« sagte.

Beim Herumdrehen wischte sie sich verstohlen die Tränen von den Wangen.

»Ach, hallo, ich hab dich gar nicht bemerkt. Läufst du jetzt nicht mehr abends?«

»Nein, zu viel los. Allein sein ist mir lieber.«

»Entschuldigung, ich wollte dich nicht stören.«

»Quatsch, du störst mich nicht. Aber du siehst schon wieder etwas unglücklich aus. Was ist denn los?«

»Ich weiß auch nicht. Im Moment geht alles schief. Und viele Probleme auf einmal. Aber ich will dich nicht damit belasten. Ich muss jetzt auch wieder heim. Mutter kocht Mittag, ich will sie nicht warten lassen. Tschüss.«

Damit drehte sie sich wieder um und ließ einen ratlos hinter ihr herschauenden Martin zurück.

Martin hatte doch nur freundlich sein wollen. Es fiel ihm nach der letzten Abfuhr schwer genug. Er lief schon extra vormittags, damit er Pamela nach Möglichkeit nicht begegnete. Jetzt war es trotzdem passiert und er hatte wieder eine Abfuhr erhalten. Sollte denn der Streit zwischen den Familien nie aufhören?

Aber warum sollte er sich darüber Gedanken machen? Er hatte selbst genügend Probleme, die er in den Griff bekommen musste. Er hatte auch keine Zeit mehr, darüber nachzudenken. Wenn er pünktlich zu seiner Therapie kommen wollte, dann musste er sich ordentlich beeilen.

8

Als Pamela die Küche betrat, deckte ihre Mutter gerade den Tisch.

»Du kommst genau richtig. Hilfst du mal dem Opa? Dann kann ich schon das Essen holen. Es gibt nur einen Eintopf.«

»Das ist doch in Ordnung. Deine Eintöpfe waren immer super.«

Pamela versuchte mit aufgesetzter Fröhlichkeit ihren seelischen Zustand zu überdecken. Es gelang ihr sehr schlecht. Ihre Mutter hatte schon bei ihrem Betreten der Küche bemerkt, dass irgendetwas passiert sein musste.

»Wo bist du denn gelaufen?«

»Am Rosenacker, wo denn sonst.«

Pamelas Antwort war unfreundlicher ausgefallen, als sie eigentlich wollte. Ihre Mutter konnte doch gar nichts dafür.

»Entschuldigung, ich bin am Rosenacker gelaufen. Ich hab Frau Hüsch getroffen und dann noch Martin. Ich hatte eigentlich gedacht, um diese Zeit sei man allein, aber das haben die anderen wohl auch gedacht.«

»Das hat dich aber nicht so durcheinandergebracht. Da muss noch etwas gewesen sein.«

»Dir kann man nichts vormachen.« Pamela

musste trotz allem grinsen. »Ich hab noch telefoniert.«

Erwartungsvoll schaute die Mutter sie an.

Pamela atmete tief durch.

»Ich hab dir von Jan erzählt. Es war ja die ganze Zeit schon etwas seltsam und ich hatte ein komisches Gefühl. Wenn ich ihn angerufen hab, dann ging er nicht ran und hat sich auch nicht zurückgemeldet. Dann hatte er einen Wasserschaden in seiner Wohnung und wollte vorübergehend in meine ziehen. Habe ich ihm auch erlaubt. Heute hab ich ihn erreicht, in meiner Wohnung. Ich dachte eigentlich er wäre an der Uni, Mittagspause. War er aber nicht. Er war mit, weiß ich mit wem, in meiner Wohnung. Als ich wissen wollte, wer noch da ist, hat er mir vorgeworfen, ich wäre doch einfach fortgefahren und hätte ihn allein gelassen, ich solle mich nicht so anstellen. Er hat nicht gesagt, wer noch da ist. Da hab ich ihn aus der Wohnung geworfen und unsere Beziehung beendet.«

»Am Telefon? Wie willst du das denn kontrollieren?«

»Das macht der Hausmeister. Dem hab ich Bescheid gesagt, der schaut nach und meldet sich dann. Das läuft schon. Aber weh tut es trotzdem.«

»Am meisten schmerzt der verletzte Stolz. Das war schon immer so. Aber daran stirbt man nicht.«

Sie setzten sich und aßen, der Opa löffelte still, ohne auch nur einmal aufzublicken.

Sie hörten ein Auto auf den Hof fahren. Pamela ging ans Fenster und schaute hinaus. Eine große Limousine mit einem fremden Kennzeichen hielt vor dem Haus.

Als Erstes stieg ein Chauffeur aus und öffnete die hintere Tür des Wagens.

Pamela war sprachlos.

»Was ist?«, fragte die Mutter, stand auf und kam zum Fenster.

»Schau dir das an. Wer ist das denn? Und was will der?«

Der Mann, der das Auto verließ, war sehr groß, hatte volles graues Haar, das er mit der Hand nach hinten strich, aber der Wind wehte es sofort wieder nach vorn. Unwillig strich er es noch einmal zurück, ging ein paar Schritte vom Auto weg und schaute sich ungeniert um. Lange ruhte sein Blick auf dem Gerüst am alten Stall. Er ging sogar näher und versuchte einen Blick in das Gebäude zu werfen. Dann schaute er sich genau das Wohnhaus an, wechselte ein paar Worte mit dem Fahrer, der daraufhin aus dem Wagen einen Aktenkoffer holte und ihm reichte.

Sekunden später schellte es an der Tür.

Die Mutter ging zurück zum Tisch.

»Mach du auf, ich räume schnell den Tisch ab.«

Pamela ging zur Haustür und öffnete.

Den Koffer unter den linken Arm geklemmt, streckte der Besucher die rechte Hand Pamela entgegen.

»Guten Tag, entschuldigen Sie meinen Besuch. Ich hoffe, ich störe nicht. Mein Name ist Eduard von Dallenberger, genauer gesagt, Konsul Eduard von Dallenberger.«

Sein Händedruck war kräftig und trocken.

»Guten Tag, wie kann ich Ihnen helfen?« Pamela schaute den Besucher verwundert an.

»Ich vertrete die Interessen der Investoren, die in dieser kleinen wunderbaren Stadt investieren wollen. Ich hatte gerade einen Termin im Rathaus. Der Bürgermeister riet mir, einmal direkt mit Ihnen zu sprechen. Übrigens, herzliches Beileid zum Tod Ihres Vaters. So ein Ereignis trifft jede Familie hart.«

»Danke schön, dann kommen Sie mal herein, wir gehen in die Küche.«

Die Mutter hatte inzwischen den Tisch sauber gemacht und der Opa saß wieder in seinem Sessel am Fenster.

»Setzen Sie sich doch, möchten Sie einen Kaffee?«

»Ja danke, gerne. Es ist einfach so, die Küche ist immer noch der Mittelpunkt in den alten Bauernhäusern. Auch lange noch, nachdem die Landwirtschaft aufgegeben wurde. So alte Traditionen halten sich.«

Leutselig schaute sich von Dallenberger um.

»Oh, den Senior-Chef habe ich ja gar nicht begrüßt.«

Er stand auf und ging zum Opa.

»Guten Tag, freut mich, Sie kennen zu lernen. Und herzliches Beileid zum Tod Ihres Sohnes.«

Der Opa war überrumpelt und gab dem Besucher die Hand. Bevor er »Danke« sagen konnte, sprach von Dallenberger schon weiter und hielt Opas Hand dabei fest.

»Ihr Sohn war ein wunderbarer Mensch. Ich habe sehr gerne mit ihm verhandelt. Er war noch von altem Schrott und Korn, wie man so sagt, ein Wort hatte Gewicht und man hielt sich daran, passiert heute selten. Aber nun ist er leider von uns gegangen.«

Er kam zurück zum Tisch, setzte sich, nahm seinen Koffer auf den Schoß und sprach sofort weiter.

»Wie schon gesagt, ich vertrete die Interessen von Investoren. Es soll ein neues Gewerbegebiet entstehen. Dass gerade in Ihrer Stadt investiert werden soll, das ist wie ein Lottogewinn.«

Die Mutter hatte Tassen auf den Tisch gestellt und verteilte Kaffee.

»Entschuldigen Sie, dass ich Sie unterbreche, aber Sie sagen, Sie hätten mit meinem verstorbenen Mann schon verhandelt. Worüber bitte und wo, wenn ich fragen darf?«

Der Konsul war etwas aus dem Konzept gebracht.

»Gnädige Frau, natürlich dürfen Sie fragen. Ich hatte Ihren Mann schon öfter im Bürgermeisteramt getroffen. Verhandelt haben wir wegen des Verkaufs des Grundstückes, Moment, wie heißt es noch gleich«, er zog einen Plan aus seiner Tasche und faltete ihn auf. »Hier haben wir es, der Rosenacker, genau, um den ging es. Die anderen betroffenen Grundstücke konnten wir uns schon alle sichern. Ihr Mann war aber ein harter Brocken, wenn ich das so sagen darf. Aber schließlich zeigte er sich interessiert.«

Als der Rosenacker erwähnt wurde, schaute Opa interessiert zu ihnen hin und folgte dem Gespräch aufmerksam.

Pamela war wie erschlagen. So einen Redeschwall hatte sie noch nie erlebt.

In ihrem Kopf ging viel durcheinander. Wenn sie aber bis jetzt nichts falsch verstanden hatte, dann war noch nichts entschieden, ihr Vater hatte immer noch verhandelt. Sie brauchte mehr Informationen, um sich ein Bild zu machen. Man würde sie nicht einfach so überfahren, das würde sie nicht zulassen.

»Sie sagen, Sie haben immer noch verhandelt, dann hat mein Vater also noch nichts unterschrieben?«

»Das Unterschreiben war nur noch eine Form-sache. Wir waren uns alle mehr oder weniger einig, der Bürgermeister, die Investoren und Ihr geschätzter Vater. Ich hoffe, dass wir weiter zum Wohle der Stadt so gedeihlich zusammenarbeiten können. Von den sprudelnden Gewerbesteuer-einnahmen haben doch alle was. Und vom Ver-kauf des Grundstückes, da profitieren Sie doch am meisten. Dass hier noch mal richtig Landwirt-schaft betrieben wird, können Sie doch vergessen, das wird nicht mehr passieren. Ich möchte Ihnen auch nicht zu nahe treten, junge Frau«, er sprach Pamela direkt an, »Sie sind doch in einem Alter, wo man an Familiengründung denkt. Wenn die Stadt genügend Einnahmen hat und eine ver-nünftige Infrastruktur mit ärztlicher Versorgung, Kindergarten und Schulen vorhalten kann, dann ist das doch großartig. Also, wie eben schon er-wähnt, von der neuen Ausweisung haben alle nur Vorteile.«

In Pamela regte sich plötzlich heftiger Wider-stand.

»Bis auf die Natur und die Lebensqualität. Wenn es so käme, wie Sie uns das verkaufen wol-len, dann wäre unsere Stadt komplett von In-dustrie umschlossen. Es gäbe keine Naturflächen mehr. In dieser Hinsicht kann man kaum von Vorteilen sprechen.«

»Wenn die Bürger gut verdienen, dann können sie dorthin reisen, wo ihnen die Natur am besten gefällt. Ihr Bürgermeister hat das klar erkannt.«

»Es ist nett, dass Sie nicht mehr meinen Vater erwähnen. Ich kann mir nämlich nicht vorstellen, dass er diese Meinung geteilt hat«, erwiderte Pamela verärgert. »Im Übrigen studiere ich Architektur und Städtebau. Lebensqualität um den Wohnort herum hat schon einen Sinn. So weit ist man ja heute. Es dreht sich nicht mehr alles nur ums Geld.«

Wütend funkelte sie den Herrn Konsul an.

»Ich sehe schon, Sie verhandeln noch härter als Ihr Vater. Ich nehme die Herausforderung an. Wir werden uns schon einig. Jetzt weiß ich auch, warum mich der Bürgermeister zu Ihnen geschickt hat. Sie hatten ja wohl für nächste Woche einen Termin im Amt geplant. Es ist gut, dass wir vorher noch einmal miteinander gesprochen haben. Wir werden uns schon einig. Ich werde mit den Investoren vorher noch einmal Kontakt aufnehmen, vielleicht legen sie ja noch eine Schippe drauf. Würde mich für Sie freuen. Sie sind sympathische Menschen. Jetzt muss ich aber weiter. Danke für den Kaffee, wir sehen uns dann nächste Woche.«

Er packte seinen Plan wieder zusammen, steckte ihn in die Tasche, stand auf, schüttelte den beiden Frauen, die auch aufgestanden waren, die Hand, winkte dem Opa kurz zu und war verschwunden. Kurz darauf verließ das Auto in eine Staubwolke gehüllt den Hof.

»Was war denn das jetzt?«

Pamelas Mutter hatte sich wieder gesetzt und schaute entgeistert drein.

»Das war ja fürchterlich. So einen schrecklichen Menschen hab ich ja noch nie erlebt. Der sollte Staubsaugervertreter werden. Das kann doch auch gar nicht alles gestimmt haben, was er uns erzählt hat. Wenn Vater wirklich mitverhandelt hätte, wüsste ich das. Viel hat er mir ja nicht erzählt, aber wenn er irgendwo hingefahren ist, dann hat er mir schon gesagt, wohin. Der wollte uns jetzt nur überrumpeln. Es ist nicht zu glauben.« Sie schüttelte den Kopf.

»Aber Vater wusste schon über die Pläne der Stadt Bescheid«, sagte Pamela. »Das hat ja auch schon der Bürgermeister gesagt. Der hat den Herrn Konsul jetzt zu uns geschickt, damit er fein raus ist.«

»Aber wir haben doch gar keine Ahnung. Ob die schon über Geld gesprochen haben, ich weiß es nicht. Ob dein Vater schon eine feste Zusage gemacht hat, keine Ahnung. Eins ist aber sicher, unterschrieben ist noch nichts, das hätte uns dieser schreckliche Mensch sonst gesagt.«

»Dann hätten wir den schrecklichen Menschen gar nicht kennen gelernt. Dann wäre er nämlich gar nicht gekommen. Und der Bürgermeister auch nicht. Die sind noch nicht so weit, wie sie sein wollen. Die wollen uns nur Angst machen. Papa kann sich ja nicht mehr wehren oder uns verraten, wie weit wirklich verhandelt war. Wir müssen praktisch bei null anfangen. Ich würde sagen, wir entscheiden jetzt noch gar nichts. Wenn wir den Termin im Amt haben, gehen wir hin und lassen uns erst einmal aufklären. Wir haben doch Zeit. *Die* wollen doch etwas von *uns*.

Ob die anderen Grundstücke wirklich schon alle verkauft sind? Keine Ahnung, kann sein, muss nicht sein. Wir mit unserem Rosenacker haben noch nicht verkauft. Das wissen wir sicher. Und so wie sich das angehört hat, ist der Rosenacker sehr wichtig für sie. Ohne ihn ist das ganze Gewerbegebiet gestorben.«

Opa hatte genau zugehört. Mit einem kaum sichtbaren zufriedenen Lächeln drehte er sich wieder zum Fenster.

»Und dann will ich dir mal eins sagen«, Pamela schaute ihre Mutter so böse an, dass diese unwillkürlich den Kopf einzog, »meine Familienplanung geht den gar nichts an. Ich hab ja gedacht, ich platze. Ich hab nämlich im Moment überhaupt keinen Plan.«

Erleichtert atmete die Mutter aus.

9

Drei Tage passierte nichts. Die Mutter erledigte den Haushalt, der Opa schaute aus dem Fenster und Pamela versuchte ihre Gefühle zu sortieren. Dass es mit Jan so ein Ende genommen hatte, ärgerte sie schon. Der Schmerz war aber mehr verletzter Stolz. Doch sie hatte Schluss gemacht. Er hatte sie zwar, aus welchen Gründen auch immer, mit wem auch immer betrogen, aber sie hatte es beendet. Sie war ihm zuvorgekommen. Wenn er sich so schnell anders orientiert hatte, dann hätte ihre Beziehung sowieso keine Zukunft gehabt. Sie sollte froh sein, dass es zu Ende war.

Sie musste nach vorn schauen. Vergangenheit konnte man nicht ändern. Aber daraus lernen, das konnte man schon.

Sie verdrängte Jan immer mehr aus ihrem Kopf. Dafür setzte sich zunehmend Martin darin fest.

Er war doch freundlich zu ihr gewesen. Er hatte sich gefreut, sie zu sehen. Das hatte sie gemerkt. Sie hatte ihn dann so brüsk zurückgewiesen. Er hatte es doch bestimmt nur gut gemeint. Aber dass es ihm gut ging, das konnte man nicht sagen. Er hatte Probleme. Ob die mit dem Streit zwischen ihren Familien zusammenhingen? Ob er mit seiner Familie Probleme hatte? Sie konnte es nicht wissen.

Auf jeden Fall war er mit der Entwicklung seiner Stadt auch nicht zufrieden. Sie müsste versuchen, mit ihm über die neuen Pläne zu sprechen. Vielleicht wusste er auch schon davon. Ja, das war ein guter Plan. Sie musste ihn wieder treffen, dann wollte sie ihm erklären, dass sie mit ihrem Freund Schluss gemacht hatte, und sich bei ihm für ihr Verhalten entschuldigen. Sollte sie zu Bürgers fahren und ihn besuchen? Nein, das wollte sie dann doch nicht. Sie würde ihn beim Laufen treffen. Irgendwann würde es passen. Genau, so würde sie es machen.

So weit war sie mit ihren Gedanken gekommen, als ein Auto mit Elan auf den Hof fuhr und wie der Konsul vor drei Tagen vor dem Haus parkte.

»Wer ist das jetzt schon wieder?«

Pamela trat hinter den Opa und schaute über seinen Kopf hinweg auf den Hof, die Mutter trat neben sie.

»Keine Ahnung, so viel Verkehr war bei uns lange nicht.«

»Na, sieht zumindest sympathischer aus als der Konsul. Ich gehe mal raus und frag, was er will.«

Als Pamela auf den Hof trat, beugte sich der Mann gerade in sein Auto und nahm eine Tasche vom Beifahrersitz.

»Guten Tag, kann ich Ihnen helfen?«

Der Mann erschrak, wollte sich schnell aufrichten und knallte mit dem Kopf ans Wagendach.

»Au, guten Tag, entschuldigen Sie bitte, dass ich so unangemeldet hier erscheine. Mein Name ist Kohlmann, Architekt Kohlmann. Ich arbeite mit Herrn von Dallenberger zusammen. Unser Büro plant das Gewerbegebiet, das in Ihrer Stadt entstehen soll.«

»Ja, Herrn von Dallenberg haben wir schon kennen gelernt.« Pamelas Stimme wurde kalt. »Was wollen Sie jetzt?«

»Ihnen meine Hilfe anbieten. Der Konsul hat mir Bescheid gesagt, dass Sie Baumaßnahmen planen«, er zeigte auf das Gerüst, »das ist ja wohl auch so. Ich könnte Ihnen dabei helfen, sie zu realisieren.«

Er schaute Pamela lächelnd an, die aber verzog keine Miene.

»Wie soll das gehen?«

»Ich würde sagen, wir schauen uns die Baustelle mal an, Sie sagen mir, was Sie vorhaben, und ich werde mir dann als Fachmann darüber Gedanken machen.«

»Es ist ja noch gar keine Baustelle, bis jetzt steht nur das Gerüst da. Mein Vater ist vor einiger Zeit verstorben und hat seine Pläne mit ins Grab genommen. Wie es jetzt weitergehen soll, darüber haben sich meine Mutter und ich noch keine Gedanken gemacht.«

»Oh, das mit Ihrem Vater tut mir leid. Aber es sollten doch bestimmt Wohnungen in die alten Stallungen eingebaut werden?«

»Das stimmt. Aber wie gesagt, wir haben noch gar keinen Plan.«

Pamela antwortete mit abweisender Miene, verschränkte ihre Arme vor der Brust und trat einen Schritt zurück.

»Das ist ja fast noch besser. Wenn Sie erlauben, dann schau ich mir das alte Gebäude mal an. Dann kann ich mir ein Bild machen und mein Büro beauftragen, die beste Lösung für Ihre Immobilie zu erarbeiten. Das würde Sie erst einmal nichts kosten und wäre alles unverbindlich. Wenn Sie mit unseren Plänen einverstanden wären, dann könnten Sie uns den Auftrag erteilen, die Genehmigungen einzuholen und den Bau zu betreuen. Die Kosten wären für Sie sehr gering, da wir vieles in die Planung des Gewerbegebietes hineinfließen lassen könnten.«

Mit einen einnehmenden Lächeln schaute der Architekt Pamela an.

An deren Hals fing die Schlagader bedrohlich an zu pochen.

»Mein lieber Herr Kohlmann, so war doch wohl Ihr Name, das war ja jetzt der blödeste Bestechungsversuch, den es gibt. Haben Sie denn so eine Angst, dass wir nicht verkaufen werden, steht der Herr Konsul so unter Druck, oder der Bürgermeister? Dann lassen Sie sich eins gesagt sein, wir haben noch keine Entscheidung getroffen, und auf so eine blöde Art werden wir uns auch nicht beeinflussen lassen. Auf Wiedersehen.«

Sie drehte sich um und verschwand wieder im Haus.

Kohlmann schaute ihr nachdenklich hinterher, zuckte dann mit den Schultern, stieg in sein Auto und fuhr davon.

Als Pamela wieder in die Küche kam, schaute die Mutter sie fragend an.

Pamela erzählte ihr alles.

Die Mutter fuhr sich seufzend durch die Haare.

»In der Zeit, wo du draußen warst, hat der Bürgermeister angerufen, wir sollen am Montag um zehn Uhr zur Besprechung im Amt sein.«

»Bis dahin sind ja noch ein paar Tage. Schauen wir mal, was uns bis dahin noch einfällt. Ich bin immer mehr dafür, nicht zu verkaufen.«

»Es will aber genau überlegt sein«, die Mutter setzte sich an den Tisch auf die Bank und stützte den Kopf in die Hände, »so eine Gelegenheit bekommt man auch nur einmal. Ich hatte es schon einmal gesagt, wer weiß, wie es hier weitergeht. Wenn mit Opa etwas passiert und du ja schließlich nicht ständig hier sein kannst, dann sitze ich hier doch ganz allein. Das große Haus, die Wohnungen, wenn der Stall umgebaut ist, das muss auch alles verwaltet und gepflegt werden. Mit dem Geld aus dem Verkauf könnte ich mit irgendwo eine neue Bleibe suchen, wo es für mich einfacher wäre. Aber ich weiß es auch nicht, es ist so schwierig.«

Pamela setzte sich ihr gegenüber.

»Ich verspreche dir, dass wir eine Lösung finden. Es ist nur schwer. Papa fehlt vorne und hinten.«

»Ja. Und hätte er mehr erzählt und nicht alles allein entschieden, wäre es jetzt für uns auch einfacher.«

»Das stimmt, aber jeder Mensch hat seine Fehler. Papa war halt so. Wir haben ihn ja auch gelassen. Jetzt müssen wir entscheiden, und das machen wir gemeinsam.«

Sie streckte ihre Arme über den Tisch und ergriff die Hände ihrer Mutter.

»Irgendwie bekommen wir das hin. Hast du was dagegen, wenn ich noch mal laufe? Dabei bekomme ich super den Kopf frei. Noch ist ja auch schönes Wetter.«

Und vielleicht treffe ich Martin. Das dachte sie aber nur, aussprechen tat sie es nicht.

»Ja mach nur, in deinen Laufsachen siehst du aber zum Schießen aus. Vielleicht solltest du dir mal andere Kleidung besorgen. So oft, wie du jetzt unterwegs bist.«

»Ach, ich fühle mich aber so wohl darin.«

»Wo läufst du überhaupt? Immer dieselbe Strecke oder immer woanders?«

»Immer dieselbe Strecke, am Rosenacker, da laufen doch alle, sogar die alte Frau Hüsch mit ihrem Rollator.«

»Na gut, dann mach dich mal auf. Wir sehen uns dann nachher.«

10

Der Parkplatz an der Straße war leer. Das hatte aber, wie Pamela wusste, nichts zu bedeuten. Martin parkte ja neuerdings auf der anderen Seite.

Langsam, sich ihre Kräfte einteilend, lief sie los. Auf halber Höhe angekommen, sah sie von der anderen Seite Martin mit gleichmäßigen, raumgreifenden Schritten, die Arme angewinkelt und nach vorn gebeugt, auch nach oben laufen.

Ihr Herz machte einen Sprung. Das Laufen fiel ihr plötzlich viel leichter.

Sie schaute gerade zu ihm hin, als er sie auch bemerkte. Er zögerte kurz, lief dann aber weiter, ohne sie weiter zu beachten, und war einige Minuten früher bei der Bank. Er machte noch ein paar Dehnübungen, setzte sich und schaute ihr interessiert entgegen.

»Hallo, jetzt geht es ja schon viel besser. Man merkt dir an, dass du jetzt öfter gelaufen bist. Als ich dich das erste Mal hier oben sah, dachte ich ja, ich müsste einen Notarzt holen.«

»Ich auch, aber erst mal hallo.« Sie atmete tief durch und stützte sich auf ihren Knien ab. »Ja, jetzt geht es schon. Ich muss halt langsam machen. Du läufst ja anscheinend öfter und schon länger. Du schnurrst den Weg hier rauf wie ein Uhrwerk. Bis ich so weit bin, dauert es wahrscheinlich noch Jahre.«

»So lange lauf ich hier auch noch nicht. Aber es gehört zu meiner Therapie. Ich soll jeden Tag nach Möglichkeit mindestens zwanzig Minuten laufen. Ich versuch es hinzubekommen. Nach einer Zeit fehlt dir was, wenn du nicht läufst. Dann hat man ein gutes Stadium erreicht – sagt zumindest meine Therapeutin.«

Dann winkte er ab.

»Lass uns nicht von mir reden, wie geht es dir? Kommst du mit deiner Mutter klar?«

»Das geht schon. Wir müssen halt Entscheidungen treffen. Wenn man keine Ahnung hat, ist das schon ein Problem. Mein Papa hat vieles mit ins Grab genommen.«

»Worüber müsst ihr denn entscheiden? Erzähl doch mal, vielleicht kann ich dir ja helfen?«

Sein Blick war aufrichtig und offen.

Pamela wusste, dass sie sich jetzt schnell entscheiden musste. Wenn sie ihm wieder eine Abfuhr erteilen würde, dann war es wahrscheinlich vorbei. Das Verhältnis ihrer Eltern würde nahtlos bei ihnen weitergehen. Das wollte sie aber nicht. Sie wollte sich mit Martin verstehen. Er konnte ihr bestimmt auch einen Rat wegen des Gewerbegebietes geben. Er war auch nicht mit der Entwicklung ihrer Stadt zufrieden, das hatte er doch deutlich gesagt. Einer musste ja auch mal anfangen, das Eis tauen zu lassen. Warum sollte sie es nicht sein? Irgendwann würde er ihr vielleicht auch von seinen Problemen erzählen. Sie hatte ihm schließlich zweimal die kalte Schulter gezeigt.

»Ja, also, wo soll ich anfangen? Du hast ja mitbekommen, dass es mit meinem Freund nicht so gut läuft. Das heißt, jetzt ist er nicht mehr mein Freund. War er wahrscheinlich auch nie. Was ich mir gedacht habe, mit so einem Luftikus was zu beginnen, das weiß ich heute auch nicht mehr. Also, es ist aus. Um es kurz zu machen: Kaum war ich weg, hat er es sich wegen eines Wasserschadens nicht nur in meiner Wohnung gemütlich gemacht, sondern sich darin auch anderweitig vergnügt. Und ich war blöd genug, auf so einen hereinzufallen.«

»Tja, wir können den Menschen immer nur vor den Kopf schauen. Wenn du ihn jetzt erkannt hast und eure Beziehung beendet ist, sei doch froh.«

»Komischerweise bin ich das auch. So richtig weh tut es nicht mehr. Ich bin eigentlich nur erleichtert. Ich fühle mich wieder frei.«

»Na, dann war es nicht die große Liebe.«

»Da hast du wohl recht. Bei den Problemen, die wir zu Hause haben, wäre es aber schon schön, mit jemandem reden zu können. Nur mit meiner

Mutter, das ist auch sehr einseitig.«

»Was habt ihr zu Hause für Probleme?« Martin schaute sie fragend an.

»Weißt du denn nichts davon? Das neue Gewerbegebiet, das hier auf der Seite der Stadt entstehen soll. Der Bürgermeister war schon bei uns, dann ein ganz fieser Kerl, ich glaube, er hieß von Dallenberger.«

»Au weia, den habe ich auch einmal kennen gelernt.«

»Ja, und dann ist noch so ein windiger Architekt aufgeschlagen.«

»Warte mal, der hieß Kohlmann, stimmt's?«

»Richtig, woher weißt du das?«

»Das ist die gleiche Truppe, die auch auf unserer Seite für das Gewerbegebiet gesorgt hat. Keine Guten.«

»Das hab ich auch gemerkt.«

»Wie sind sie vorgegangen?«

»Der Bürgermeister hat meiner Mutter und mir erzählt, dass er mit meinem Vater schon länger verhandelt hätte und sie sich fast einig waren.«

»Worüber denn?«

»Über den Verkauf des Rosenackers. Das Feld vor uns. Es macht wohl den größten Brocken aus. Er hat uns erzählt, alle anderen hätten schon verkauft, nur wir noch nicht.«

»Das ist die gleiche Masche wie auf unserer Seite. Alle werden gegeneinander ausgespielt.

Lass mich raten, alle wollen euch nur helfen.«

»Stimmt genau.«

»Ich hab das alles nicht so im Detail mitbekommen. Wenn ich aber mal zu Hause war, dann hat mir meine Mutter das genau so erzählt wie jetzt du. Einmal hab ich den von Dallenberger selbst erlebt. Da war aber fast schon alles zugebaut. Solche Menschen braucht man nicht. Und der Kohlmann? Der war auch keine Hilfe. Wir haben ja alles zu Wohnungen umgebaut. Meine Eltern haben ihm geglaubt und sein Angebot angenommen. Er hat seine Arbeit gemacht, aber schneller und billiger war das auch nicht. Alles nur Bauernfängerei.«

Martin schaute über ihre Stadt, zeigte dann auf das schon vorhandene Gewerbegebiet auf der anderen Seite und sagte mit einer Leidenschaft, die Pamela überraschte:

»Das, was sie da drüben verbrochen haben, wollen sie also jetzt hier noch mal durchziehen? Welche Sünde an der Natur.«

Pamela schaute ihn an. Ein Nerv unter seinem rechten Auge zuckte und seine krampfhaft verschränkten Hände erschreckten sie.

»Alles gut? Ich wollte dich nicht aufregen.«

Martin saß ganz aufrecht und drückte seine Hände in seinen Schoß.

»Ja, geht schon. Also ist noch nichts endgültig? Wenn ihr euch noch nicht entschieden habt, dann kann ja auch noch alles so bleiben. Warum heißt das Feld eigentlich Rosenacker? An den paar verblühten Pfingstrosen kann es doch nicht liegen.«

»Keine Ahnung, das weiß ich auch nicht. Es wurde schon immer so genannt. An den Pfingstrosen liegt es bestimmt nicht. Aber allerhand, dass du die überhaupt erkannt hast.«

»Zu Rosen hab ich ein besonderes Verhältnis. Aber das kommt von was anderem.«

Weiter sagte Martin nichts, Pamela sah ihm an, dass da auch nichts mehr kommen würde.

»Aber da gibt es noch was, woran ich ständig denken muss. Du hast doch sicher auch schon Frau Hüsch hier oben getroffen?«

»Die alte Dame mit dem Rollator, Senior-Chefin von Juwelier Hüsch?«

»Richtig, mit der habe ich vor ein paar Tagen gesprochen und ihr auch von den Plänen erzählt. Sie war ganz erschrocken und hat gesagt, wörtlich: ›Unseren Rosenacker zubauen? Das geht nicht‹, hat dann aber sofort das Thema gewechselt.«

»Wie meinte sie das?«

»Keine Ahnung, es war aber nicht nur die Angst, einen schönen Wanderweg und die schöne Aussicht zu verlieren, das ging tiefer. Das war fast Panik. Sie hatte sich aber sofort wieder in der Gewalt und wie gesagt das Thema gewechselt.«

»Seltsam. Wie alt ist sie überhaupt? Die muss doch schon uralt sein?«

»Vermutlich in dem Alter wie mein Opa. Den kann ich ja mal fragen. Er spricht zwar fast gar nicht mehr, aber wenn ich ihn direkt frage, wer weiß?«

Pamela drehte sich zu Martin.

»Jetzt haben wir aber nur von mir gesprochen. Wie geht es dir? Du sagtest vorhin was von einer Therapeutin. Wozu brauchst du eine?«

Martin stand abrupt auf.

»Ich muss wieder los, sonst komme ich zu spät.«

Zu was, erwähnte er nicht.

»Wäre aber schön, wenn wir uns mal wieder treffen würden. Tschüss, und weiterüben.«

Er hob die Hand, drehte sich um und lief davon. Pamela schaute ihm nachdenklich hinterher.

11

Als Pamela am Montagmorgen in die Küche kam, hatte ihre Mutter das Frühstück schon fertig und stellte gerade für den Opa etwas zu essen auf ein Tablett.

»Opa will, bis wir wiederkommen, im Bett bleiben. Ich hab ihm erzählt, dass wir auf die Stadt wollen, wegen des Rosenackers. Er wusste es ja, er hat ja immer alles mitgehört. Er war aber richtig erschrocken. Seine Hände fingen an zu zittern und er ist noch blasser geworden, als er ohnehin schon ist. Irgendwas belastet ihn. Wenn er doch nur mal reden würde. Dann wäre alles viel einfacher.«

»Da hast du recht. Er könnte uns bestimmt viel erzählen. Nicht nur über den Rosenacker, überhaupt von früher. Er muss doch so viel wissen. Ich hab ihn gestern nach der Frau Hüsch gefragt, da ist er auch richtig erschrocken und hat sich schnell weggedreht. Geantwortet hat er nicht.«

»So geht das ja jetzt schon Jahrzehnte, wir kennen ihn ja gar nicht anders. Andere Leute, die ihn früher gekannt haben, erzählten aber immer, dass er als Junge so ein lebenslustiger Mensch gewesen sei. Im Krieg muss etwas passiert sein, was ihn so

90

verändert hat. Er hat aber nie davon gesprochen. Jetzt bring ich ihm erst mal das Frühstück. Dann können wir beide noch darüber sprechen, wie wir uns nachher verhalten sollen, ich hab bis jetzt keine Ahnung.«

»Heute entscheiden wir sowieso nichts. Du weißt nichts und ich schon gar nicht. Die sollen uns erst einmal genau informieren, was genau sie von uns wollen, dann, was sie uns dafür bieten. Und dann erbitten wir uns Bedenkzeit und fahren wieder nach Hause. Dann können wir in aller Ruhe überlegen, wie es weitergeht.«

Pamela nahm ihre Mutter in den Arm. »Es wird alles gut. Glaube mir.«

Die Mutter lächelte zaghaft, aber die Tränen in ihren Augen sah Pamela doch.

Das Frühstück verlief schweigend. Dann wurde es Zeit zu gehen.

»Ich schau noch mal nach dem Opa, wir treffen uns dann beim Auto.«

»Alles klar.«

Pamela ging zum Wagen und die Mutter die Treppe hoch zu Opas Zimmer, wo sie in der Tür stehen blieb. Er lag auf dem Rücken und blickte an die Decke.

»Brauchst du noch etwas? Wir wollen dann los. Es wird ja nicht so lange dauern. Wenn wir wieder da sind, hole ich dich gleich nach unten.«

Opa drehte den Kopf zu ihr hin und sie sah

mit Erschrecken, dass die Tränen nur so über seine unrasierten Wangen strömten.

Sie eilte zu ihm und ergriff seine Hände.

»Opa, was ist los, tut dir was weh?«

Er schüttelte den Kopf.

»Nein, mir tut nichts weh, aber ich muss dir was sagen, ich hätte es schon viel früher machen müssen. Den Rosenacker«, er schluchzte auf, »den Rosenacker, den könnt ihr nicht verkaufen, der gehört uns gar nicht.«

Er drückte feste ihre Hände.

»Verzeih mir, ich hätte es euch schon viel früher erzählen müssen. Ich hatte aber so Angst davor. Wenn ihr wiederkommt, ich verspreche es dir, erfahrt ihr alles. Es tut mir so leid.«

Schluchzend ließ er ihre Hände los, drehte sich wieder um und starrte zur Decke.

Die Mutter stand kreidebleich, erstarrt neben dem Bett.

»Was heißt denn das jetzt? Das Rosenfeld gehört uns nicht? Sicher gehört es uns. Heinrich hat nie etwas anderes gesagt. Das wüsste ich. Das Feld gehört uns.«

Der Opa schüttelte den Kopf.

»Es ist komplizierter, fahrt erst mal zum Bürgermeister. Ihr wollt ja heute noch nichts entscheiden. Das ist gut so. Wenn ihr wiederkommt, dann erzähl ich euch alles, versprochen.«

Pamela hupte ungeduldig.

Die Mutter rannte die Treppe hinunter und stieg zu Pamela ins Auto.

Während die losfuhr, schaute sie zu ihrer Mutter, die mit steinernem Gesicht, krampfhaft ihre Tasche haltend, neben ihr saß.

»Was ist denn los, fehlt Opa noch was?«

»Nein, es fehlt ihm nichts, er hat nur gesprochen.«

»Auf einmal? Was hat er denn gesagt?«

»Also«, die Mutter atmete tief ein, »er hat mir gesagt, dass wir den Rosenacker nicht verkaufen können, weil er uns nämlich gar nicht gehört.«

Pamela trat abrupt auf die Bremse. Zum Glück war die Mutter schon angeschnallt.

»Entschuldige. Sag das noch mal, der Rosenacker gehört uns gar nicht? Was heißt denn das jetzt? Wem gehört er denn dann? Wenn er jemand anders gehören würde, dann wären die Herrschaften doch nicht zu uns gekommen! Ich versteh jetzt gar nichts mehr. Was machen wir jetzt?«

Ratlos schaute sie ihre Mutter an.

Die hatte einen ganz energischen Gesichtsausdruck bekommen.

»Wir fahren zum Termin. Entscheiden wollen wir ja sowieso noch nichts. Opa hat versprochen, wenn wir wieder nach Haus kommen, will er uns alles erzählen. Jetzt will ich es auch wissen. Diese ganzen Geheimnisse. Ich werde ihm keine Ruhe lassen, bis er es uns erklärt hat. Fahr weiter, damit wir wenigstens pünktlich sind.«

Im Amt wurden sie vom Bürgermeister überfreundlich begrüßt und in sein Büro geführt. Er ließ Kaffee kommen und bot den Frauen Gebäck an. Dann kam er sofort zum Thema.

»Ich habe Ihnen ja schon bei meinem Besuch gesagt, dass ich mit Ihrem Mann oder deinem Vater«, er nickte Pamela zu, »schon in Verhandlungen über den Ankauf des Grundstücks stand. Es ist von zentraler Bedeutung für das neue Gewerbegebiet. Die Gelegenheit, die sich uns jetzt bietet, ist einmalig und gibt unserer Stadt die Möglichkeit, sich für die Zukunft zu rüsten.«

»Ist für eine lebenswerte Zukunft nur Geld notwendig oder spielt auch Lebensqualität eine Rolle? Wenn die gesamte Stadt von Industrie umschlossen ist, wie sollen sich denn die Menschen dann noch wohlfühlen? Das Leben besteht doch nicht nur aus Arbeiten.«

»Die Lebensqualität wird sich eindeutig verbessern, allein durch die Möglichkeiten, deutlich höhere Einkommen zu erzielen. Die Menschen haben dann das Geld, in ihrer Freizeit dorthin zu reisen, wo sie schon immer mal hinwollten. Die einen wollen an die See, die anderen in die Berge. Das werden sie sich dann leisten können. Und das durch einen Arbeitsplatz vor ihrer Haustür.«

Er sprach Pamela direkt an.

»Mit der Infrastruktur, die wir als Stadt mit den Einnahmen aufbauen können, ist es auch für junge Leute und junge Familien interessant, hierzubleiben oder hierher zu ziehen, und die brauchen wir. Entschuldigen Sie, Frau Langenbach«, er schaute die Mutter an und deutete abwechselnd auf sie und auf sich, »aber auf uns Alte brauchen wir doch nicht mehr zu bauen. Wir müssen für eine gute Zukunft unserer Nachfahren sorgen.«

Die Mutter erschrak, als sie direkt angesprochen wurde. Pamela sah ihr an, dass sie nicht zugehört hatte, und antwortete für sie.

»Geht es den Menschen denn wirklich nur ums Geld? Wo sollen denn Kinder noch Natur kennenlernen? Nur in den paar Wochen Urlaub? Sie werden sich dann an einem Strand in einem Urlaubsland besser auskennen als auf einem Weizenfeld zu Hause. Wenn sie überhaupt noch ein Weizenfeld erkennen.«

Pamela trank einen Schluck des mittlerweile kalt gewordenen Kaffees und stellte die Tasse wieder ab.

»Aber diese Diskussion müssen Sie mit Ihren Kollegen von der Politik führen. Sie hatten uns eingeladen, um mit uns über ein Grundstück zu verhandeln. Unser Grundstück muss für Sie sehr wichtig sein, warum haben Sie sonst den Konsul von Dallenberger und den Architekten Herrn Kohlmann zu uns geschickt?«

»Es ist richtig, das Grundstück der Rosenacker ist für die Ausweisung des Gewerbegebietes sehr wichtig. Wenn ihr nicht verkauft«, er zuckte hilflos mit den Schultern, »dann wird es mit dem Gewerbegebiet nichts. Das wäre sehr schlecht für die Stadt, das ist meine Meinung, und es wäre auch nicht im Sinne deines viel zu früh verstorbenen Vaters.«

Die Mutter hatte sich wieder gefasst und fragte: »Wenn Sie schon meinen Mann erwähnen, wie weit waren Sie denn mit ihm? Wir haben nur die Informationen, die Sie uns gegeben haben. Von meinem Mann hatte ich noch gar nichts darüber gehört.«

Der Bürgermeister stand auf und holte eine Akte aus dem hinter ihm stehenden Schrank. Er schlug sie auf und blätterte sie durch.

»Ach ja, hier haben wir es, der Rosenacker, Besitzer Heinrich Langenbach«, er räusperte sich, »wir haben zweimal darüber gesprochen.«

Als die Mutter hörte: Besitzer Heinrich Langenbach, atmete sie hörbar auf.

Pamela schaute den Bürgermeister scharf an.

»Darüber gesprochen oder darüber verhandelt? Ich glaube schon, dass das einen Unterschied macht.«

Der Bürgermeister rutschte auf seinem Stuhl hin und her.

»Also mehr nur darüber gesprochen. Richtige

Verhandlungen waren es noch nicht.«

Die Mutter wurde ungeduldig, sie wollte nach Hause und mit Opa reden. Jetzt hatte sie es ja von amtlicher Seite gehört, der Rosenacker gehörte ihnen.

Sie suchte Pamelas Blick und nickte ihr kaum merklich zu.

»Wenn Sie mit meinem Mann auch noch nicht weiter waren, konnte er uns ja auch noch nichts erzählen. Ich würde sagen, wir denken alle noch einmal über das Problem nach.«

Die Mutter stand auf. »So schnell können wir nichts entscheiden. Sie müssen uns schon ein konkretes Angebot unterbreiten. Wenn Sie das können, dann werden meine Tochter und ich darüber nachdenken. Wie die Entscheidung ausfällt, keine Ahnung. Sie hat ja weitreichende Folgen, nicht nur für uns, sondern für die ganze Stadt. Also muss sie gut überlegt sein.«

Pamela stand auch auf. Sie war von ihrer Mutter beeindruckt. Dieses Verhalten hätte sie ihr wieder mal nicht zugetraut. Respekt.

Die Mutter reichte dem Bürgermeister die Hand und verabschiedete sich.

»Wir hören dann wieder von Ihnen. Danke für den Kaffee. Pamela, kommst du?«

Pamela war von dem abrupten Aufbruch etwas überrascht, folgte ihr aber sofort.

Kaum dass sie im Auto saßen, begann die

Mutter Pamela zu erklären, wie gut sie es fand, dass sie den Termin wahrgenommen hatten.

»Nun wissen wir amtlich, dass der Rosenacker uns gehört und dass dein Vater noch nicht über den Verkauf verhandelt hat. Er hatte also noch gar nichts zu erzählen. Die wollten uns nur einschüchtern und unsere Unwissenheit ausnutzen. Jetzt will ich aber erst mal wissen, was Opa uns zu erzählen hat.«

Pamela hatte plötzlich einen ganz anderen Gedanken. Wie war das denn mit ihrem Studium? In einer Woche schrieben sie eine wichtige Klausur. Das würde sie nicht schaffen. Bis hier alles geklärt war, konnte es noch dauern, und ihre Mutter jetzt allein lassen, das ging auch nicht. Am besten wäre es, wenn sie das Semester ganz abbrechen würde. Dann hätte sie keinen Stress mehr und könnte alles erst zu Ende bringen. Wer wusste schon, was noch alles passieren würde? Sie war auch gespannt, was der Opa ihnen erzählen würde. Vielleicht kamen ja noch weitere Probleme auf sie zu.

12

Als die Frauen das Amt verließen, sahen sie, dass sich hinter dem bereits vorhandenen Gewerbegebiet eine bedrohliche Wolkenwand aufgebaut hatte. Bei ihnen schien noch die Sonne, doch der Horizont war schwarz. Es sah gespenstisch aus: die hell beschienenen Schornsteine, Antennen und Werbetafeln auf den die alten Häuser überragenden Fabrikgebäuden und dahinter das drohende Unwetter.

»Das Wetter schlägt um, sehen wir zu, dass wir nach Hause kommen.«

Pamela entriegelte die Türen ihres Autos und stieg schnell ein.

Die Mutter schaute sich noch mal um und folgte ihr dann.

»Lass uns noch was zu essen mitnehmen. Zum aufwändigen Kochen habe ich heute keinen Nerv, ich bin zu aufgeregt. Was uns Opa wohl erzählen wird?«

Nach einem kleinen Umweg wegen des Einkaufs kamen die beiden noch vor dem Beginn des Gewitters zu Hause an.

Die Mutter eilte sofort die Treppe hoch, stürmte über den Flur zu Opas Zimmer, öffnete die Tür – aber sein Bett war leer.

»Pamela, Opa ist weg.« Ihr Schrei hallte durch das ganze Haus.

Panisch rannte sie zurück und die Treppe hinunter.

Pamela hatte die Einkäufe mit in die Küche genommen. Opa saß am Küchentisch und wartete offensichtlich auf sie.

»Alles gut, er ist schon in der Küche!«, rief sie zur Mutter hinauf.

Atemlos kam die Mutter unten an.

»Gott sei Dank, ich dachte schon sonst was. Mensch Opa, ich habe dir doch schon so oft gesagt, du sollst nicht allein aus dem Bett steigen. Wenn du stürzt, ist keiner da, und dann womöglich noch die Treppe herunter ... Wir haben was zu essen mitgebracht, dann haben wir mehr Zeit zum Reden. Geht ganz schnell.«

Der Opa wollte gerade antworten, da krachte draußen der erste Donnerschlag und es fing heftig an zu regnen.

»Na, das ist doch das richtige Wetter, um alte Geschichten zu erzählen. Ich hab als Kind immer gerne zugeschaut, wenn es geblitzt und gedonnert hat.«

Pamela ging zum Fenster und schaute hinaus.

»Da kommt auch noch mehr, das wird heftig.«

In der Küche wurde es dunkel und die Mutter schaltete das Licht an.

»Komm vom Fenster weg. Das macht man

nicht. Früher sagten die alten Leute, das wäre zu gefährlich.«

Inzwischen hatte sie die Büchsen geöffnet, schüttete die Fertigsuppe in einen Topf und stellte ihn auf den Herd.

»Wenn du den Tisch deckst, können wir gleich essen …«

Der Rest des Satzes ging in einem weiteren Donnerschlag unter.

Während die Mutter die Suppe im Topf rührte, sprach sie den Opa an.

»Wir waren ja beim Bürgermeister, das weißt du ja, und der hat uns bestätigt, der Rosenacker gehört uns. Er ist auf Heinrich Langenbach im Grundbuch eingetragen. Jetzt gehört er Pamela und mir.«

Der Opa schaute hoch und nickte.

»Im Grundbuch, ja, das ist richtig. Aber das Feld hat eine lange Geschichte, ich werde sie euch erzählen. Viel Zeit hab ich ja vielleicht nicht mehr. Ich hätte es schon viel früher machen müssen. Aber ich konnte nicht, es ging einfach nicht. Es tut mir leid. Nach dem Essen erzähl ich euch alles. Versprochen. Ihr werdet dann viel verstehen.«

Während draußen das Gewitter weitertobte, aßen die drei schnell ihre Suppe und setzten sich nach dem Abräumen wieder an den Tisch.

»So, Opa, jetzt fang an.«

Er schnäuzte sich erst einmal heftig, schaute die beiden einen Moment lang an, dann begann er zu erzählen.

13

Es begann im Frühjahr 1944. Mein Freund Hubertus und ich waren unzertrennlich. Wir verbrachten so viel Zeit wie möglich gemeinsam. Viel Freizeit hatten wir ja nicht. Auf den Höfen mussten wir helfen. Hubertus sein Vater war zuhause, weil er aus dem ersten Weltkrieg mit einer Verwundung zurückgekommen war. Voll arbeiten konnte er nicht mehr. Deshalb waren Bürgers auch immer etwas zu langsam. Wenn andere mit der Heuernte oder dem Getreideschneiden schon fast fertig waren, dann fingen Bürgers erst an. Die anderen Bauern, auch wir, halfen immer, aber es fehlten ja überall Männer und vor allen Dingen Maschinen. Wir hatten einen französischen Gefangenen als Knecht, Bürgers einen Russen. Beide waren sehr gute Männer. Sie verstanden viel von Landwirtschaft und arbeiteten gut. Sie wurden so behandelt, als gehörten sie zur Familie, und das dankten sie auch. Sie hatten beide auch Familie zu Hause und Jungen in unserem Alter. Oft übernahmen sie unsere Aufgaben und wir konnten uns davonstehlen. Sie hatten ihre Freude daran und wenn es aufflog, bekamen wir ordentlich geschimpft. Wir sollten die beiden nicht ausnutzen.

Mein Vater war am Anfang des Krieges eingezogen worden, kam aber nach einer Verwundung sehr früh wieder nach Hause. Wir Jungen bekamen vom Krieg nicht so viel mit. Wir waren in der Hitlerjugend und die Mädchen im Bund Deutscher Mädchen. Die Treffen waren beliebt. Bis auf die Politischen Schulungen. Dabei fehlten wir eigentlich immer.

Irgendwann im Sommer bekam meine Mutter einen Brief von einer Freundin. Diese war nach der Schulzeit nach Berlin gegangen und hatte einen reichen jüdischen Geschäftsmann geheiratet. Die beiden hatten eine Tochter. Als in dieser Zeit die Lage für die Juden immer schlechter wurde, beschlossen sie, das Mädchen in Sicherheit zu bringen.

Die Freundin schrieb jetzt meiner Mutter, dass sie das Mädchen zurück in ihre Heimatstadt schicken würden. Sie sollte bei ihren Großeltern wohnen, diese wohnten im Haus neben Juwelier Hüsch. Da sie aber schon sehr betagt waren, sollte meine Mutter ein bisschen auf sie aufpassen.

Mittags trafen wir uns zum Essen in der Küche. Mein Vater und ich waren schon da, unser Knecht noch nicht. Mutter hatte den Brief am Vormittag bekommen, war ganz aufgeregt und erzählte Vater sofort davon. Dass ich auch schon da war, bemerkte sie, glaube ich, gar nicht. Mein Vater hörte sich erst mal alles an, fasste mich dann an den Schultern und schaute mich so ernst an wie noch nie.

»Das hast du jetzt alles gar nicht gehört. Du sprichst mit niemandem darüber, ist das klar? Kein Sterbenswörtchen, zu niemandem, versprich mir das! Das ist Ernst, bitterer Ernst.« Er schüttelte mich. »Versprich mir das, kein Wort zu niemandem!«

In diesem Moment kam Jean herein und mein Vater ließ mich los.

Ich war erschrocken über diesen Ausbruch und schaute zu meiner Mutter. Die war ganz blass und deckte mit fahrigen Bewegungen den Tisch fertig.

Ich wusste das ja damals alles gar nicht einzuordnen. Ich hatte eigentlich nur verstanden, dass ein neues junges Mädchen in unsere Stadt kam, und darauf war ich gespannt. Es wurde in meinem Beisein auch nicht mehr darüber gesprochen.

Einige Tage später fragte mich Hubertus, ob ich Zeit hätte. Er müsste am Nachmittag Kühe hüten und es wäre schön, wenn ich dabei sein könnte, allein wäre es so langweilig. Sein kleiner Bruder Emil könnte zwar auch mitgehen, aber der hatte keine Lust. Emil wollte eigentlich gar nichts mit der Landwirtschaft zu tun haben, er las lieber Bücher.

Ich beeilte mich mit meinen Arbeiten und rannte dann durch die Stadt zu Bürgers. Ich kam gerade dazu, als die Kühe vom Hof getrieben wurden. Bis zur Weide ging Hubertus sein Vater mit, dann ließ er uns allein. Die Kühe freuten sich über das frische Gras und hoben nicht die Köpfe. Wir schauten ihnen eine Weile zu, dann legten wir uns ins Gras und schauten in den Himmel.

Die dünnen Schleierwolken konnten die Sonne nicht verdecken, es war ein herrlicher Tag.

»Heute Abend ist die Nachtwanderung der HJ, gemeinsam mit dem BDM. Hast du Zeit?«

Hubertus drehte den Kopf zu mir und schaute mich von der Seite her an.

»Ich geh auf jeden Fall hin. Hannelore kommt auch.«

Hannelore war die große Liebe von Hubertus. Er war hoffnungslos in sie verliebt.

»Na, dann hast du ja für mich sowieso keine Zeit. Dann musst du dich ja um sie kümmern. Aber die Neue muss heute auch dabei sein. Das lass ich mir doch nicht entgehen.«

»Vielleicht ist sie ja was für dich.«

»Quatsch, ich will doch nicht so werden wie du.«

»Wie bin ich denn?«

»Seit du für Hannelore schwärmst? Da bist du nicht mehr auf dieser Welt. Du drehst dich ja nur noch um sie. Kannst du überhaupt noch an etwas anderes denken?«

Hubertus lächelte. »Es ist so schön, an sie

zu denken. Beim letzten Treffen durfte ich ihre Hand halten«, er seufzte, »weißt du, wie schön das ist? Wahrscheinlich nicht. Du warst ja noch nie verliebt. Es ist ein tolles Gefühl.«

Der Nachmittag war schnell vergangen. Wir brachten die Kühe wieder nach Hause, erledigten schnell unsere Aufgaben, erst bei Hubertus, dann bei uns.

Dann machten wir uns auf zum HJ-Treffen. Es fand wie immer am Sportplatz statt.

Hubertus ging sofort zu Hannelore. Ich schaute mich um und versuchte die Neue zu entdecken.

Da war sie. Mir wurde ganz schwindelig. So ein hübsches Mädchen hatte ich noch nie gesehen. Groß und schlank, lange braune Haare, die lockig über das BDM-Halstuch und den Kragen der weißen Bluse fielen, von zwei Spangen hinter den Ohren gehalten. Das Gesicht, geschnitten wie das einer Puppe, mit zwei alles beherrschenden braunen Augen

Ich war sofort in sie verliebt. Ich starrte noch immer zu ihr hin, als der Befehl zum Losmarschieren kam. Die Ansprache davor hatte ich gar nicht mitbekommen.

Während der ganzen Wanderung konnte ich nicht den Blick von ihr abwenden. Ich versuchte an ihre Seite zu kommen. Sie wurde aber von den anderen Mädchen umringt, denen sie von ihrem Leben in Berlin erzählen musste.

Alle kümmerten sich nur um sie, nur Hubertus und Hannelore nicht.

Nach der Wanderung, wieder am Sportplatz angekommen, wurde noch eine Stunde am Lagerfeuer gesessen und es wurden Lieder gesungen. Ich kam ihr nicht näher.

Dann sah ich meine Chance. Wenn wir nach Hause gingen, dann wollte ich sie begleiten. Es war zwar ein Umweg, den nahm ich aber gerne in Kauf, es musste klappen.

Und es klappte. Nach der Rede unseres HJ-Führers, ich hörte nicht zu, wurden wir nach Hause geschickt. Ich nahm meinen ganzen Mut zusammen, drängte mich zu ihr durch, sagte, dass ich Anton hieße, und bot ihr an, sie nach Hause zu begleiten. Sie sagte zu meiner Überraschung sofort zu. Triumphierend suchte ich den Blick von Hubertus, konnte ihn aber nirgends entdecken.

Auf dem Weg durch die Nacht erzählte sie mir ungezwungen von ihrer Zeit in Berlin. Von der Angst vor Bombenangriffen, dass sie ihre Eltern vermisste, aber auch froh war, in Sicherheit zu sein. Dass sie auch nicht gedacht hätte, dass sie so gut in unserer Stadt aufgenommen würde. Es seien ja alle so nett und freundlich, und die Wanderung, die sei ja so schön gewesen.

Ich brauchte nur ja und nein zu sagen. Zu mehr war ich auch gar nicht fähig. Mein Kopf war völlig leer und mein Mund trocken.

Das musste das Gefühl sein, von dem Hubertus gesprochen hatte.

Viel zu schnell standen wir vor ihrem Haus.

»Gute Nacht, Anton, und danke.«

Ich konnte nur stammeln. »Ja, gute Nacht, es war sehr schön, aber wie heißt du eigentlich? Das wüsste ich auch gerne.«

Über ihr Gesicht fiel ein Schatten und sie drehte sich schnell zur Tür.

»Sahra, aber das ist nicht wichtig. Sei mir nicht böse, aber ich muss jetzt ins Bett.«

Und damit verschwand sie.

Hubertus und ich kamen im Sommer aus der Schule. Jetzt mussten wir zu Hause voll mitarbeiten und unsere Freizeit wurde immer knapper.

Die Treffen abends am Sportplatz, die besuchten wir aber immer. Hubertus wurde mit Hannelore immer vertrauter und ich versuchte Sahra näher zu kommen.

Erfolglos. Sie war zwar freundlich zu mir, aber zu allen anderen auch. Besonders zu Hubertus. Obwohl sie wusste, dass Hannelore und er mehr als befreundet waren, versuchte sie seine Aufmerksamkeit zu wecken und ihm nahe zu kommen. Hubertus ließ das kalt. Ich aber war eifersüchtig. Wenn Hubertus Sahra nur erwähnte, war ich schon sauer und vermutete sonst was. Unsere

Freundschaft hatte aber noch nicht gelitten. Wir halfen uns nach wie vor gegenseitig und verbrachten viel Zeit gemeinsam.

Es wurde Herbst. Wir waren mit unserer Kartoffelernte fertig. Bürgers noch nicht. Das Jahr war für sie schlecht gelaufen. Sie hatten viel Pech im Stall und ihre Ernte war auch nicht gut ausgefallen. Die Stimmung auf dem Hof war gedrückt.

Ich war an einem Samstag mit meiner Arbeit früh fertig und wusste, Hubertus musste noch einen Wagen mit Kartoffeln abladen. Ich sagte meiner Mutter Bescheid und machte mich auf, um ihm zu helfen.

Hubertus freute sich über meine Hilfe und am frühen Nachmittag waren wir fertig.

»Das passt gut. Mama backt doch samstags immer Hefekuchen. Komm, wir holen uns ein Stück, dann schauen wir mal, was wir machen.«

Gut gelaunt ging er vor mir her in die Küche.

Das war der letzte unbeschwerte Tag in unserem Leben.

Hubertus' Eltern saßen am Tisch. Die Mutter weinte bitterlich und der Vater sprach sehr ernst auf sie ein.

Als wir in die Küche polterten, verstummte er abrupt und beide schauten zu uns hin.

Hubertus blieb erschreckt in der Tür stehen. Ich hatte damit nicht gerechnet, stieß gegen ihn und blieb im Flur stehen, seine Eltern konnten mich nicht sehen.

»Was ist denn los?« Hubertus schaute ratlos in die Küche.

»Du wirst es ja doch erfahren.« Der Vater hob Papiere vom Tisch und wedelte damit in unsere Richtung. »Die Bank hat uns einen Kredit gekündigt. Wir müssen ihn sofort zurückzahlen.«

»Was heißt das?«

Hubertus kapierte so schnell nichts. Ich stand erschrocken da und wagte nicht zu atmen.

»Wir müssen verkaufen. Was anderes wird uns nicht übrigbleiben. Das war ein schlechtes Jahr, wir werden wohl alles verlieren.«

»Alles?« In Hubertus' Stimme schwang Angst mit.

»Das wird sich noch zeigen.« Resigniert hob der Vater die Schultern. »Das wird auch die Bank entscheiden. Montag muss ich hin.«

Der Mutter strömten neue Tränen aus den Augen. »Wenn wir hier fort müssen, wo sollen wir denn hin?«

Der Vater legte eine Hand auf die seiner Frau.

»Noch ist es nicht so weit. Vielleicht kann ich ja am Montag noch etwas ändern. Man soll die Hoffnung nie aufgeben.«

Ich fasste Hubertus an der Schulter und zog ihn zurück in den Flur.

»Das ist ja furchtbar. Ich geh nach Hause.«

Wir hatten jetzt beide Tränen in den Augen.

»Hier könnt ihr mich jetzt nicht gebrauchen. Ich komme am Montagabend wieder. Vielleicht weißt du dann schon etwas. Ich kann es gar nicht glauben. Stell dir vor, ihr müsst weg. Das geht ja gar nicht.«

Ich drehte mich um und rannte den ganzen Weg nach Hause. Ich konnte nicht verstehen, was ich gehört hatte. Ich musste es meinem Vater erzählen, der hatte vielleicht eine Lösung. Er hatte Bürgers doch immer geholfen.

Ich kam atemlos auf unserem Hof an. Vor dem Haus stand eine große, schwarze Limousine, ich hatte sie noch nie bei uns gesehen. Wer war das?

Ich stürzte in die Küche. Am Tisch saßen meine Mutter und mein Vater, eine Frau und ein Mann. Die Fremden waren elegant gekleidet.

Meine Mutter sah sofort, dass etwas passiert sein musste. Sie stand auf, kam zu mir und legte den Arm um meine Schulter.

»Das sind die Eltern von Sahra, sie haben sie besucht. Weil wir gute Freundinnen waren, besuchen sie uns auch.«

Sie schaute mich an.

»Was ist denn los? Du bist ja ganz verstört.«

Ich sagte guten Tag und dann brach es aus mir heraus.

»Ich war ja bei Bürgers und habe Hubertus geholfen. Als wir fertig waren, wollten wir uns Kuchen aus der Küche holen. Da hab ich mitbekommen, dass Bürgers kein Geld mehr haben und verkaufen müssen. Frau Bürger hat geweint und er hat sie versucht zu beruhigen. Ich versteh das nicht. Es war schrecklich.«

Meine Eltern schauten erschreckt zu mir.

»Wie war das?« Mein Vater schaute ungläubig. »Sie müssen verkaufen? Das kann gar nicht sein. So schlecht kann es ihnen doch nicht gehen.«

»Doch, Hubertus' Vater hat es gesagt. Ein Kredit wurde gekündigt und sie hätten kein Geld mehr.«

Sahras Eltern hatten stumm zugehört.

»Das ist ja schrecklich.«

Meine Mutter ging wieder zum Tisch und setzte sich.

»Kann man da nicht helfen?«

»Wie denn?« Mein Vater stützte die Ellenbogen auf den Tisch. »Da können wir nichts tun. Wir kommen auch nur gerade so über die Runden.«

In meinem Hals stieg ein Schluchzen hoch. Ich drehte mich um und lief in den Pferdestall, warf mich ins Heu und ließ meinen Tränen freien Lauf.

Was in den nächsten Tagen wie geregelt wurde, weiß ich nicht. Ich bekam nur mit, dass nachts viel Verkehr auf unserem Hof war und Leute kamen und gingen.

Hubertus erzählte mir am Montag Abend, dass mein Vater am Sonntagabend, spät in der Dunkelheit, bei ihnen gewesen war und lange mit seinen Eltern gesprochen hatte. Sein Vater war dann am Montag mit meinem Vater auf der Bank gewesen.

Dass sie weg müssten, davon würde keiner mehr sprechen. Die Mutter würde auch nicht mehr so viel weinen.

Es änderte sich erst einmal gar nichts. Wir Jungen halfen uns gegenseitig, Hubertus kam Hannelore näher und ich kämpfte erfolglos um Sahra, die sich um Hubertus bemühte, allerdings auch erfolglos.

Der Krieg rückte vor. Die Bomberverbände, die über unsere Stadt flogen, um ihre tödliche Fracht über den Städten abzuwerfen, flogen immer häufiger. Die Stimmung wurde immer gedrückter. Besonders bei Bürgers. Ich hatte das Gefühl, dass mich Hubertus' Eltern nicht mehr gern auf dem Hof sahen.

Eines Abends, es war gerade mit der Aussaat von Roggen begonnen worden, kam ich zu Hubertus und traf ihn total verstört an. Er hatte sich mit Hannelore gestritten und hatte Angst, dass sie ihre Freundschaft beenden würde.

Ich versuchte ihn zu trösten.

»Am Samstag ist doch wieder eine Nachtwanderung angesetzt. Dann wird alles wieder gut, du wirst sehen.«

Der Samstag kam. Hubertus und Hannelore sahen beide sehr unglücklich aus, standen aber nicht zusammen.

Sahra kam etwas später, ich hatte schon Angst, sie käme gar nicht. Sie erfasste aber sofort die Situation, beachtete mich gar nicht und versuchte Hubertus nahe zu kommen. Sie wanderte an seiner Seite und flirtete schamlos mit ihm.

Hannelore kochte vor Eifersucht und ich auch.

Hubertus wurde es aber irgendwann zu bunt und er machte Sahra sehr deutlich klar, dass er nichts mit ihr zu tun haben wollte.

Sahra war total beleidigt.

Der Opa war erschöpft. Pamela sah es. Draußen rauschte der Regen des Gewitters gegen die Scheiben und man hörte in der Ferne noch das Grollen des Donners.

»Ich glaube, wir machen eine kleine Pause. Ich muss mal. Mama, kannst du Kaffee kochen?«

»Wir können ja für heute auch aufhören.« Die Mutter schaute Pamela fragend an.

»Ich glaube, das dauert noch, bis wir alles wissen.«

»Nein, wir lassen Opa jetzt weitererzählen, ich glaube, das will er auch. Er sieht zwar erschöpft, aber auch erleichtert aus.«

Sie schaute zu ihm. »Dass du das alles noch so

genau weißt und so toll erzählen kannst, ich bin beeindruckt.«

»Es hat mich ja auch lange genug belastet. Jetzt erzähle ich es euch bis zum Schluss.«

Der Kaffee war durchgelaufen, Pamela wieder am Tisch und der Opa erzählte weiter.

Sahra hatte von Hubertus einen deftigen Korb bekommen. Es hatte sie hart getroffen, Verlieren war nicht ihre Stärke.

Um ihre Abfuhr zu überspielen, kam sie zu mir. Als wäre nichts gewesen, hängte sie sich bei mir ein, erzählte und ließ sich zum Schluss von mir nach Hause bringen. Dort gab sie mir zum Abschied einen Kuss auf die Wange. Ich konnte mein Glück kaum fassen.

Zwei Tage später war ich abends wieder bei Hubertus. Er war schweigsam und unglücklich, genau das Gegenteil von mir.

Ich erzählte ihm von meinem Glück und dass Sahra mir einen Kuss gegeben hatte.

Hubertus lächelte kalt.

»Deine Sahra ist ein Flittchen, sonst gar nichts. Wie sie sich am Samstag an mich gehängt hat, das war doch schamlos. Wenn ich auf sie eingegangen wäre, hättest du gar keine Chance gehabt. Die wollte mich eifersüchtig machen. Das ist alles.«

Das wollte ich überhaupt nicht hören. Wütend knallte ich meine Gabel in die Ecke und funkelte Hubertus an.

»Das brauch ich mir von dir nicht sagen lassen. Sahra mag mich, das spüre ich doch. Und nur weil du mit deiner Hannelore nicht klar kommst, muss ich mir mein Glück doch nicht schlecht reden lassen. Weißt du was, mach deinen Mist doch allein.«

Wütend verließ ich den Hof von Bürgers und ging nicht mehr hin.

Mit Sahra kam ich allerdings auch nicht weiter. Wenn wir uns sahen, war sie zwar freundlich, aber kühl. Von der Vertrautheit des Abends war nichts mehr zu spüren. Hatte Hubertus doch recht gehabt? Ich wollte es in meiner Verliebtheit nicht wahrhaben.

Der Herbst brachte viel Arbeit. Die Rüben mussten noch geerntet werden und die Aussaat des Wintergetreides stand bevor. Mein Vater war von früh bis spät mit den Pferden auf den Feldern unterwegs und ich musste mit Jean und meiner Mutter den Hof und das Vieh versorgen.

Eines Abends erklärte mir mein Vater, dass er am nächsten Morgen ganz früh den Rosenacker zu pflügen anfangen würde. Ich sollte nach der Stallarbeit mit dem zweiten Pferdegespann nachkommen und das Feld für Weizen vorbereiten. Ich war ratlos.

»Wo ist denn der Rosenacker? So ein Feld haben wir doch gar nicht.«

»Doch«, mein Vater legte mir eine Hand auf die Schulter und seufzte, »doch, haben wir. Es ist das Feld bei der Eiche von Bürgers. Ich hab es gekauft. Für Bürgers war es ein Glück. Sie konnten dadurch auf dem Hof bleiben. Ob sie das auch so sehen, ich weiß es nicht. Karl«, so hieß Hubertus' Vater, »hat seitdem nicht mehr mit mir gesprochen. Wie dem auch sei, jetzt gehört es uns und wir müssen es bestellen. Morgen geht es los.«

»Wie hast du es denn bezahlt? Du sagtest doch, wir hätten auch kein Geld?«

Die Frage musste ich einfach stellen.

»Das werde ich dir später mal erzählen. Alles brauchst du auch noch nicht zu wissen.«

Pamela rutschte vor Aufregung auf ihrem Stuhl hin und her.

»Wie hat er das Feld denn bezahlt, weißt du es? Und wie haben denn Bürgers weiter reagiert? Ist deshalb das Verhältnis so schlecht? Für sie muss das doch ganz schlimm gewesen sein. Ich kann sie verstehen. Ob Martin etwas davon weiß?«

»Ich glaube nicht, dass er davon etwas weiß.« Der Opa schaute zu Pamela. »Es wurde nicht darüber gesprochen. Ich wollte schon mehr wissen. Aber keiner sagte mehr was.«

Opa trank seinen Kaffee und ging dann erst mal auf die Toilette.

Die Mutter und Pamela saßen schweigend am

Tisch. Das mussten sie erst mal alles verstehen. Den Grund für das schlechte Verhältnis zwischen den Familien, den hatten sie ja erfahren. Aber war das alles?

Opa musste noch viel erzählen.

Ich fuhr, nachdem wir mit der Stallarbeit fertig waren, mit dem zweiten Gespann auf den Acker, wo mein Vater schon seit einigen Stunden pflügte. Ich musste an der Straßenseite beginnen und hatte meine ersten Bahnen gezogen, da fuhr Hubertus vorbei. Als ich ihn bemerkte, hielt ich an und wollte zu ihm, um mit ihm zu sprechen. Er schaute mich aber so böse an, dass ich auf halbem Weg stehen blieb. So einen Blick hatte ich noch nie gesehen, er traf mich bis ins Mark. Nach einer gefühlten Ewigkeit, wir starrten uns nur wortlos an, gab er seinen Pferden die Peitsche und fuhr weiter.

Ich war unendlich traurig und hatte das Verlangen, ihm nachzulaufen. Seine Meinung zu Sahra, die nahm ich ihm übel, aber das mit dem Feld, da konnte ich ihn verstehen. Aber ich konnte doch auch nichts dafür, ich wusste doch auch so wenig, ich hätte so gerne mit ihm gesprochen. In den nächsten Tagen wollte ich zu ihm, ich musste mit ihm reden.

Es kam nicht mehr dazu.

Opa hielt inne und umfasste mit beiden Händen seine Kaffeetasse, sein Blick verlor sich und mit tonloser Stimme erzählte er leise weiter.

Wir wurden eingezogen, wir, noch halbe Kinder, sollten Deutschland retten. Mit sechs anderen Jungen aus der Stadt wurden wir mit dem Zug in ein Ausbildungslager gebracht. Ich war in einem anderen Abteil als Hubertus und hatte dadurch keine Gelegenheit, mit ihm zu sprechen. Im Lager kamen wir auch nicht zusammen, da wir in verschiedenen Zügen waren. Die Ausbildung war hart und Freizeit gab es keine. Ich kam mit Hubertus nicht zusammen. Bis zu unserem letzten Einsatz.«

Opa hatte plötzlich Tränen in den Augen. Seine Hände fingen an zu zittern und er versuchte es durch das Halten der Tasse zu verhindern.

Wir hatten Verluste. Um die Geschütze sicher bedienen zu können, musste an jedem eine komplette Mannschaft sein. Man war immer mit anderen Kameraden zusammen.

Am besagten Tag gab es ganz früh Alarm. Wir besetzten unser Geschütz. In der Dunkelheit konnte man seine Kameraden kaum erkennen. Meine Aufgabe war es, die Granaten aus den Kisten zu heben und weiterzureichen. Die

Handgriffe beherrschten wir mittlerweile wie im Schlaf. Es wurde nicht gesprochen. Aus der Ferne hörten wir das Brummen der Flugzeuge. Sie kamen schnell näher. Und dann ging es los. Eine Welle nach der anderen überflog uns und warf ihre Bomben auf die Stadt. Es war die Hölle. Wir versuchten mit unseren Geschützen die Bomber aufzuhalten. Es war sinnlos.

Die Einschläge kamen immer näher. Im Blitzlicht der Explosionen erkannte ich plötzlich Hubertus, er stand am Geschütz vor mir und schob eine Granate nach der anderen hinein. Ich brüllte seinen Namen, er schaute sich nur kurz um und brüllte zurück: »Anton, jetzt nicht!«, und lud weiter nach.

Dann waren unsere Granaten alle. Unser Geschützführer schickte mich mit einem Kameraden zurück, um neue zu holen. Wir hatten unsere Stellung kaum verlassen, da bekam sie einen Volltreffer. Sie wurde einfach ausgelöscht. Alle tot, Hubertus, der Soldat neben mir, einfach nicht mehr da. Ich bekam einen Splitter in den Rücken und wurde von Sanitätern gerettet.

Der Opa stand auf und ging langsam zum Fenster. Es regnete immer noch. Das Gewitter war weitergezogen, aber der Regen strömte außen an der Scheibe nur so herunter. Obwohl noch Nachmittag, war es durch die tief hängenden Wolken schon sehr dunkel.

Der Opa schien es gar nicht mehr wahrzunehmen. Er erlebte diese schlimme Zeit gerade noch einmal. Man sah ihm an, wie aufgewühlt er war.

Pamela und ihre Mutter schauten sorgenvoll zu ihm hin. War das alles zu viel für ihn?

Er drehte sich um und schaute von einer zur anderen.

»Es ist gut, alles zu erzählen. Ich hab das alles in mich reingefressen. Es hat mich fast erdrückt. Jetzt ist mir leichter.«

Er kam wieder zum Tisch, setzte sich und erzählte weiter.

Für mich war der Krieg damit zu Ende. Erst kam ich ins Lazarett, dann wurde ich nach Hause entlassen. Ich konnte noch nicht arbeiten und musste mich schonen. Hannelore kam mich besuchen und wir trösteten uns gegenseitig. Von Sahra hörte ich gar nichts.

Nach einiger Zeit ging ich zu Bürgers, ich musste mit ihnen reden.

Der Hof lag wie ausgestorben da. Ich sah mich um und mein Hals schnürte sich zu. Überall sah ich Hubertus, wie wir zusammen gespielt und später gearbeitet hatten. Ich heulte Rotz und Wasser.

Ich ging zum Haus und klopfte. Ich sehe es noch genau vor mir. Emil öffnete mir die Tür. Er schaute mich wortlos einen Moment an, dann rannte er fort. Ich stand wie angewurzelt da und überlegte noch, was ich machen sollte, da kam der Vater aus der Küche, um Jahre gealtert, seit ich ihn das letzte Mal gesehen hatte.

»Was willst du hier? Habt ihr uns nicht genug angetan? Wir wollen von euch keinen mehr hier sehen. Verschwinde.«

Er knallte die Tür vor mir zu. Das war das letzte Mal, dass ich bei Bürgers war, ich hab den Hof nie wieder betreten.

Der Opa atmete tief ein. »Kann ich einen frischen Kaffee bekommen?«

Die Erleichterung war ihm anzumerken. Es war das erste Mal seit vielen Jahren, dass er etwas forderte.

»Du kannst nicht nur einen frischen Kaffee bekommen, ich würde sagen, wir essen zu Abend. Ich hab Hunger, komm, Pamela, decken wir den Tisch. Wir können dann ja weitersprechen.«

Die Frauen machten das Abendbrot fertig und setzten sich dann wieder.

Pamela konnte es gar nicht begreifen.

»Ihr habt all die Jahre nicht mehr zusammen gesprochen? Das ist ja unglaublich. Es ist doch so lange her.«

»Die Zeit hat sich dann ja auch sehr schnell geändert. Nach dem Krieg haben Bürgers mit der

Landwirtschaft aufgehört. Emil war kein Bauer, wollte er auch nie werden. Ihre Flächen haben sie erst verpachtet, dann verkauft. Es gab dann auch keine Gemeinsamkeiten mehr. Wir haben weiter den Hof bewirtschaftet, bis sich das auch für uns nicht mehr gelohnt hat. Da gehörte alles aber schon deinem Vater. Er hat dann unser Land auf der anderen Seite der Stadt auch verkauft. Es ging ja gar nicht anders und war auch richtig. Wenn es mir auch unheimlich weh getan hat. Ich habe sehr lange gebraucht, um darüber hinwegzukommen.«

Pamelas Mutter wurde plötzlich ärgerlich.

»Hättest du das mal deinem Sohn zu Lebzeiten gesagt, er glaubte, der Grund für deine Schweigsamkeit zu sein. Er hatte ständig ein schlechtes Gewissen.«

Jetzt stand sie auf, stützte sich mit den Händen auf den Tisch uns schaute den Opa mit funkelten Augen an.

»Wir hatten uns die Entscheidung aufzuhören auch nicht leicht gemacht. Aber es rechnete sich einfach nicht mehr. Heinrich wäre gerne Landwirt geblieben. Die Zeit war aber gegen ihn. Er hat ja dann eine gute Arbeit bekommen. Mit dem Verkauf der Felder hatten wir auch auf einmal Geld. So viel, dass wir uns keine Sorgen mehr machen mussten. Das kannten wir gar nicht. Aber so richtig zufrieden war Heinrich nie.«

Sie setzte sich wieder und fuhr sich mit der Hand über das Gesicht.

»Wir wissen jetzt, worum es bei dem Streit mit Bürgers ging. Wobei ihr ihnen ja eigentlich geholfen habt. Ohne euch hätten sie ja wahrscheinlich den Hof verlassen müssen, dann wäre alles verloren gewesen.«

Pamela versuchte ihre Gedanken zu sortieren.

»Dass Bürgers mit unserer Familie gebrochen haben, das kann ich verstehen. Es war damals bestimmt genauso schlimm, pleite zu gehen, wie heute. Und das waren sie ja praktisch. Sie haben sich geschämt. Dass dein Vater ihnen mit dem Kauf des Landes aus der Not geholfen hat, war zwar wirtschaftlich die Rettung, aber menschlich muss man das erst mal verkraften. Dass Hubertus dann noch im Krieg geblieben ist und du nach Hause gekommen bist, das war zu hart für sie. Ich glaube, ich kann sie verstehen, wenn es auch ungerecht von ihnen ist. Vor allen Dingen ist das ja schon so lange her. Heute wird doch auf beiden Höfen nicht mehr gewirtschaftet.«

»Lasst uns essen. Langsam habe ich auch Hunger. So hab ich mir das alles gar nicht vorgestellt.«

Pamela nahm sich Brot und reichte den Korb herum.

»Wie muss dich das all die Jahre belastet haben. Der Kaffee ist auch kalt geworden. Ich hol mir ein Bier. Heute Abend brauch ich etwas Stärkeres. Will noch jemand?«

»Ja, bring uns allen was mit. Opa trinkt heute Abend bestimmt auch eine Flasche, oder?«

»Ja, ich will auch eine. Wir sind ja auch noch nicht fertig. Ich will jetzt alles erzählen, es erleichtert doch sehr. Warum hab ich nur so lange gewartet?«

»Noch geht es ja.« Pamela legte ihm die Hand auf den Arm und schaute ihn an. »Aber stell dir mal vor, du hättest keine Zeit mehr gehabt, dir alles von der Seele zu reden. Dich hätte alles fürchterlich belastet und wir hätten keine Ahnung gehabt. Und der Streit mit Bürgers hätte nie aufgehört. Vielleicht kann man jetzt ja mal mit ihnen reden. Auf jeden Fall mit Martin. Der will auch lieber Frieden und Einigkeit.«

Sie nahm einen großen Schluck Bier.

»Ich frag mich aber eins: Wo hatte dein Vater das Geld her, um den Rosenacker zu kaufen? Er hatte doch gesagt, ihr hättet auch kein Geld. Und dann über Nacht ist alles anders? Komisch.«

Der Opa putzte sich mit dem Handrücken über den Mund.

»Das habe ich mich auch immer gefragt. Als ich dann älter wurde, hab ich meinen Vater öfter danach gefragt. Er hat mir aber nie eine Antwort gegeben. Bis es dann auch für ihn zu spät war und cr starb.«

In seine Augen traten Tränen.

»Ich war dann mit meiner Mutter allein, bis ich deine Oma kennen lernte. Sie war eine gute Frau. Leider musste sie auch viel zu früh gehen.«

Er fuhr sich über die Augen.

»Ja, aber wo hatte mein Vater das Geld her? Ich hab mir dieselbe Frage auch jahrelang gestellt. Auch meine Mutter wollte es mir nicht sagen. Als mein Vater nicht mehr war und ich allein mit meiner Mutter war, erhielt ich die Antwort.«

Pamela rückte dichter zu ihm hin und auch ihre Mutter richtete sich auf.

Ich war auf dem Rosenacker und bestellte ihn, als plötzlich Sahra auftauchte. Ich hatte sie ewig nicht mehr gesehen und war erstaunt. Sie kam über den Acker gelaufen und hielt mein Gespann an. Sie war genauso wunderschön, wie ich sie in Erinnerung hatte. Aber auch kalt. Wir starrten uns einen Moment wortlos an. Ich wollte sie gerade begrüßen und ihr sagen, wie ich mich freute, sie zu sehen, da hob sie die Hand und brachte mich, noch bevor ich ein Wort sagen konnte, zum Schweigen. Und dann spukte sie mir förmlich die Worte ins Gesicht: »Dass du auf meinem Acker bist, das weißt du schon, oder?«

Ich war wie erstarrt. Erschrocken fragte ich zurück: »Dein Acker? Wieso das denn?«

Mit kalter Stimme erklärte sie es mir.

»Das Geld, um ihn zu kaufen, hatte dein Vater

von meinem bekommen. Ihr hättet es nie gehabt. Meine Mutter hat es mir kurz vor ihrem Tod erzählt. Da meine Eltern nicht mehr sind, gehört das Feld jetzt mir.«

Ich konnte es nicht fassen und verstand es auch so schnell nicht. Sollte es wirklich so sein? Ich musste meine Mutter fragen. Jetzt musste sie mir eine Antwort geben. Ich musste es wissen. Hatte Sarah recht?

Ich ließ sie einfach stehen, spannte meine Pferde aus und fuhr wie benommen nach Hause.

Meine Mutter stand auf dem Hof, als ich ankam. Sie sah mir wohl an, dass etwas passiert war. Ich nahm den Pferden die Geschirre ab und brachte sie in den Stall. Meine Mutter stand noch immer auf dem Hof und wartete auf mich. Sie schaute sehr unglücklich aus. Ich trat zu ihr und fuhr sie an:

»Wie ist das damals mit dem Rosenacker gewesen. Ich will es jetzt wissen, jetzt.«

Sie zuckte zusammen und knetete ihre Hände.

»Was ist denn los? Was ist passiert?«

»Sahra ist bei mir auf dem Feld gewesen und hat behauptet, der Rosenacker gehört ihr. Stimmt das? Ich will jetzt wissen, was damals gewesen ist. Erklär es mir.«

Meine Mutter schien in diesem Moment um Jahre zu altern.

»Lass uns ins Haus gehen.«

Sie ging gebeugt vor mir her in die Küche und setzte sich an den Tisch. Ich schmiss meine Mütze auf die Bank und setzte mich ihr gegenüber.

»Also, wie war es?« Wie sehr ich ihr durch meine Art weh tat, merkte ich gar nicht, ich wollte nur endlich wissen, was los war.

Sie schaute noch einen Moment auf ihre Hände, dann blickte sie mich an und begann zu erzählen.

»Weißt du noch, wie du damals von Bürgers kamst und uns erzählt hast, dass sie ihren Hof verlassen müssten? Wir waren alle fürchterlich erschrocken und versuchten eine Lösung zu finden. Wir wollten Bürgers helfen, wussten aber nicht wie. Bis dann Sahras Vater einen Vorschlag machte. Er war ja ein erfolgreicher Geschäftsmann, aber Jude. Er hatte in seinem Tresor viel Bargeld. Er wusste, dass es verloren war. Er bot es uns an, wir sollten das Feld, bis zu diesem Tag wurde es ›Bei der dicken Eiche‹ genannt, kaufen. Sein Angebot war wohl auch ein Stück Dankbarkeit für unser Aufpassen auf Sahra.

Dein Vater ging am nächsten Abend zu Bürgers und machte ihnen ein Angebot. Wo er das Geld herhatte, verriet er nicht. Bürgers blieb nichts anderes übrig, als ja zu sagen. Am nächsten Tag trafen sich die beiden, dein Vater und Hubertus' Vater, bei der Bank und klärten alles. Das war das letzte Mal, dass die beiden miteinander gesprochen haben.«

Ich sehe meine Mutter noch am Tisch sitzen und ihre Hände kneten. Sie litt sichtlich.

»Als dann Hubertus auch noch im Krieg geblieben ist und du nach Hause kamst«, sie senkte den Blick und sprach dann leise weiter, »für sie muss es fürchterlich gewesen sein. Wir haben es aber doch auch nur gut gemeint.«

Ich nahm die Hände meiner Mutter und hielt sie fest.

»Wenn es so war, dann brauchen wir uns doch auch keinen Vorwurf zu machen. Ohne uns hätten sie doch den Hof verlassen müssen. Das wäre doch noch schlimmer gewesen.«

»Ja, so muss man das schon sehen. Aber dass es weh getan hat, sehr weh, das glaube ich schon. Und so ist das Feld dann auch zu seinem neuen Namen gekommen. Der Rosenacker. Die Familie hieß Rosen. Das war die einzige Bedingung, die Sahras Vater gestellt hat. Er wusste, dass alles kein gutes Ende nehmen würde. Wir sollten das Feld nach ihm benennen, zur Erinnerung. Er ist dann auch nicht mehr wiedergekommen. In den letzten Kriegsmonaten ist er umgekommen. Seine Frau, Sahras Mutter, kam allein wieder hierher zurück. Kurz nach dem Krieg ist sie aber auch verstorben. Sie hat Sahra die Geschichte wohl erzählt, und die meint jetzt, das Feld würde ihr gehören.«

Ich konnte keinen klaren Gedanken fassen.

Das war zu viel auf einmal. Stumm saßen meine Mutter und ich uns gegenüber. In unseren Köpfen schwirrten die Gedanken, ohne dass wir sie sortieren konnten.

Meine Mutter sprach als Erste.

»Jetzt weißt du es. So ist es damals gewesen. Es war eine schlimme Zeit. Aber sie ist vorbei. Es ist so lange her. Dass Sahra jetzt so auftritt, versteh ich nicht. Ich glaube auch nicht, dass sie irgendwelche Rechte hat. Soviel ich weiß, ist nichts geschrieben worden. Ihr Vater hat das Geld geholt und es uns in derselben Nacht noch gebracht.«

»Ich hab damals nur mitbekommen, dass in der Nacht viel Betrieb auf unserem Hof war. Was abgelaufen ist, wusste ich nicht.«

Jetzt wusste ich es. Aber was ich mit dem Wissen anfangen sollte, das wusste ich nicht.

Hatte Sahra einen Anspruch auf das Feld oder hatte sie keinen?

Pamela atmete tief ein.

»Mann, das muss ja alles schlimm gewesen sein. Wie alt warst du denn da, Opa?«

»Das Alter spielte damals keine große Rolle. Wir waren schnell erwachsen geworden.«

»Es hat aufgehört zu regnen.«

Die Mutter stand auf und ging zum Fenster. Das war alles etwas viel auf einmal. Sie musste erst einmal ihre Gedanken sortieren. Gehörte der

Rosenacker jetzt ihnen oder nicht? Wenn doch nur Heinrich noch da wäre. Er wüsste bestimmt eine Lösung.

Die Mutter kam wieder zurück und setzte sich.

»Jetzt kann man manches verstehen. Aber was ich noch nicht verstehe, was ist aus Sahra geworden?«

Pamela wollte gerade das Gleiche fragen.

»Genau, was ist aus Sahra geworden? Hat sie euch weiter unter Druck gesetzt?«

Der Opa seufzte und strich sich mit der Hand über den Kopf.

»Wenn ich auf dem Rosenacker gearbeitet habe, ist sie oft erschienen und hat zu mir her gesehen. Ob das Zufall war oder sie es immer abgepasst hat, weiß ich nicht. Ich hatte aber dadurch immer ein schlechtes Gewissen. Gesprochen haben wir wenig. Als sie später geheiratet hatte, da wurde es besser. Sie war ja schon immer sehr berechnend gewesen und hatte sich auch den passenden Mann mit viel Geld gesucht. Er war wesentlich älter als sie. Er hatte aber einen sehr guten Einfluss. Nach einiger Zeit, ich war auch schon verheiratet, sprach sie mich auf dem Feld an. Sie war völlig verwandelt und entschuldigte sich für ihr Verhalten. Sie hätte sich in eine Idee verrannt und wüsste jetzt, dass das völlig falsch gewesen war. Ihr Mann hätte ihr klar gemacht, dass ihr Verhalten unmöglich wäre. Sie sollte aufhören, uns unter Druck zu setzen. Der Rosenacker würde uns gehören und sie hätte keinerlei Anspruch darauf. Wenn ihr Vater das anders gesehen hätte, dann hätte er dafür gesorgt, dass es anders gelaufen wäre. Sie hätte aber die Bitte, dass der Name des Feldes erhalten bliebe, es sollte weiter in Erinnerung an ihren Vater Rosenacker heißen. Und so heißt es heute noch. Danach hatten wir ein gutes Verhältnis.«

Pamela rutschte auf der Bank hin und her.

»Was ist denn aus Sahra geworden?«

Über das Gesicht des Opas huschte zum ersten mal ein zaghaftes Lächeln.

»Ihr kennt sie. Es ist Frau Hüsch. Sahra Hüsch, geborene Rosen.«

14

Das Abendessen stand immer noch unberührt auf dem Tisch. Der Opa war erschöpft, aber sichtlich erleichtert. Die Mutter konnte alles immer noch nicht fassen. Pamela erging es genauso. Sie versuchten ihre Gedanken zu sortieren und wollten sich über das Abendessen ablenken. Der Opa kam ihnen zuvor.

»Ich habe jetzt aber doch Hunger, lasst uns essen. Ich kann euch dann auch noch den Rest erzählen.«

Herzhaft griff der Opa zu. Die beiden Frauen taten es ihm nach, dankbar für die Unterbrechung.

In Pamelas Kopf setzte sich ein Gedanke fest.

»Wenn das Geld für den Kauf von Sahras Vater kam, dann hat sie ja doch Anspruch, wenn auch nicht rechtlich, aber moralisch, ist das nicht so?«

Der Opa schaute auf.

»Das hab ich mir auch gedacht. Ich wusste nicht, wie ich mit dem Wissen umgehen sollte. Ich hab dann eine Lösung gefunden. Pamela, geh mal bitte in mein Schlafzimmer und schau in mein Nachttischen. Ganz hinten in der untersten Schublade ist ein Kästchen. Kannst du das mal holen?«

»Natürlich.« Erstaunt legte Pamela ihr Brot hin und stand auf. Nach kurzer Zeit kam sie mit einer alten Zigarrenkiste zurück.

Sie stellte sie vor dem Opa auf den Tisch. Dieser schob sein Essen zur Seite und nahm die Kiste in beide Hände.

»Ich hab die gleichen Gedanken gehabt wie du, Pamela. Ohne Sahras Vater hätten wir das Land nie kaufen können. Bürgers war durch ihn geholfen, aber uns auch. Ich hab dann, glaub ich, einen Weg gefunden. Ob er richtig war, weiß ich nicht. Aber Sahra, oder Frau Hüsch, war damit zufrieden und wir sind dann immer gut miteinander ausgekommen.«

Er öffnete den Deckel und reichte die Schachtel Pamelas Mutter.

»Das solltest du schon lange bekommen. Ich hab mich nur nicht getraut. Aber jetzt ist auch noch ein guter Zeitpunkt.«

In der Schachtel waren viele kleine Schmuckkästchen, verschiedene Farben, aber alle gleich groß.

»Was ist das denn? Das müssen ja über zwanzig Stück sein!«

»Es sind vierundzwanzig. Für jedes Jahr eine. Ich habe, nachdem ich den Hof übernommen habe und mich mit Sahra ausgesprochen hatte, jedes Jahr einen Ring gekauft. Sahra hat ja das

Geschäft ihres Mannes nach seinem Tod weitergeführt und es dann ihrem Sohn übergeben. Ich hab das als eine Art Pacht gesehen. Nach Omas Tod hab ich die Ringe in der Kiste aufbewahrt und wollte sie dir schon so oft geben, wie gesagt ...«

Die Mutter hob die Kästchen heraus, stellte sie in eine Reihe und öffnete sie. Es waren sehr schöne und wertvolle Ringe. Die Diamanten auf ihnen funkelten um die Wette.

Pamela und ihre Mutter schauten sich den Schatz sprachlos an.

Opa räusperte sich.

»Jetzt kennt ihr die Geschichte vom Rosenacker. Es tut mir leid, dass ihr es nicht schon früher erfahren habt. Aber egal wie ihr euch jetzt bei der Stadt entscheidet, es ist eure Entscheidung. Und sie wird richtig sein.«

Er nahm den letzten Schluck Bier aus seiner Flasche und stand auf.

»Jetzt muss ich mich aber hinlegen, es war ein schwerer Tag für mich. Aber ein guter«, fügte er mit einem wehmütigen Lächeln hinzu.

Die Mutter stand auf, nahm den Opa beim Arm und brachte ihn zu Bett.

Pamela hatte das Abendessen abgeräumt und eine Flasche Schnaps auf den Tisch gestellt. Die Schmuckkästchen standen noch geöffnet da.

»Jetzt brauch ich noch etwas Stärkeres. Meine

Güte, das hätte ich ja nicht erwartet. Aber jetzt kennen wir wenigstens die Hintergründe.«

Sie schenkte die Gläser voll und hob ihres. »Prost, auf dass ab jetzt alles besser wird.«

»Optimistin. Prost.«

Beide leerten ihre Gläser und Pamela schenkte gleich nach.

»Was hat diese Generation alles erlebt. Wie lange ist das alles her und es hat Auswirkungen bis heute. Drei Generationen später sprechen die Menschen noch nicht miteinander. Und dabei sollte doch damals nur geholfen werden.«

»Ich kann Bürgers schon verstehen. Die Schande und der Verlust von Hubertus. Das muss eine Familie erst einmal verkraften. Lass uns trinken. Prost, dass alles ein gutes Ende nimmt.«

Sie tranken die Gläser leer und Pamela wollte noch einmal nachschenken, aber die Mutter wehrte ab.

»Nein, es reicht. Wir wollen uns nicht betrinken. Wir wissen jetzt, wie und warum alles so gekommen ist, wie es heute ist. Das hilft uns aber nicht weiter bei unserem Problem, verkaufen wir oder verkaufen wir nicht.«

Pamela schob die Schnapsflasche zur Seite.

»Da hast du recht. Das Problem ist nicht gelöst. Aber ich werde morgen versuchen, mit Martin zu sprechen. Er weiß ja auch nicht, warum alles so ist, wie es ist. Ich bin gespannt, was er dazu sagt. Dann kann ich ihn auch fragen, wie er zu einem Verkauf steht. Ich glaube nicht, dass er dafür ist. Und Frau Hüsch, das ist noch was ganz Besonderes. Moralisch hat sie schon noch Rechte. Wenn der Opa über zwanzig Jahre lang sündhaft teure Ringe gekauft hat, um sein Gewissen zu beruhigen, dann sieht er es ja genauso. Er hat dir ja auch deutlich gesagt, dass seiner Meinung nach das Feld nicht uns gehört. Oh Mann, was für ein Durcheinander. Komm, lass uns doch noch einen nehmen. Vielleicht hilft es ja.«

»Helfen tut es bestimmt nicht, aber man nimmt alles vielleicht nicht mehr so ernst. Ich merke schon, wie der Schnaps wirkt, mir wird ganz warm.«

Die Mutter fuhr sich mit den Händen über ihre Wangen und grinste dabei etwas einfältig.

»Aber dann gehen wir auch ins Bett. Eine Nacht darüber schlafen, dann sieht man klarer.«

15

Pamela schlief sehr schlecht. Sie träumte vom Krieg, musste mit Pferden über Felder fahren und wurde von bösartig schauenden Frauen verfolgt. Wie gerädert wachte sie am nächsten Morgen auf.

Es war noch ruhig im Haus. Sie schaute auf den Wecker, halb sechs. So früh war sie ja ewig nicht mehr wach geworden. Noch einmal einschlafen wollte sie nicht. Laufen, das wäre doch eine gute Idee. Sie schaute aus dem Fenster, das Wetter war wieder schön. Der Himmel war blau und die Blätter der Bäume bewegten sich kaum, also war auch nicht viel Wind, ideal. Sie schwang die Beine aus dem Bett und stand schnell auf. Der stechende Schmerz, der durch ihren Kopf schoss, ließ sie aufstöhnen. Vielleicht hätte sie gestern Abend doch besser ins Bett gehen sollen wie ihre Mutter. Sie war aber noch sitzen geblieben, hatte nachgedacht und sich noch ein paar weitere Schnäpse genehmigt.

Pamela zwang sich ins Bad, kurze Wäsche, Zähneputzen, dann schlüpfte sie in ihre Laufklamotten und verließ leise das Haus.

Sie fuhr bis zum Parkplatz am Rosenacker. Die Rosen auf dem Blumenfeld waren jetzt verblüht. Aber andere, ihr unbekannte Blumen streckten ihre Blüten in den frischen Morgen. Nach dem gestrigen Regen sah alles aus wie frisch gewaschen. Man sah aber schon, dass eine pflegende Hand fehlte, die verblühten Blumen standen zwischen den blühenden und Unkraut machte sich auf den Wegen breit. Da stand ja auch noch die Kasse, an die hatte ja gar keiner gedacht. Wenn sie wieder nach Hause kam, musste sie ihrer Mutter Bescheid sagen. Aber der Morgen war trotzdem herrlich. Eine klare Luft und Ruhe. Langsam ging sie den Weg nach oben. Die Kartoffeln auf dem Rest des Feldes standen noch in vollem Grün. Was sollte denn damit passieren? Sie mussten doch im Herbst geerntet werden. Ach, es gab so viel zu bedenken. Aber nicht heute Morgen, den wollte sie genießen.

Bei der Bank angekommen setzte sie sich und ließ ihren Blick schweifen. Von der Autobahn hinter dem Berg war nur ein leises Brausen zu hören, der Morgenverkehr hatte noch nicht angefangen. Auf der anderen Seite der Stadt quollen aus den langen Schornsteinen Dampf und Rauch in den Himmel. Ab und zu war das Hupen und Piepen eines rückwärts fahrenden Fahrzeugs zu hören, aber alles nur leise und gedämpft, das Vogelgezwitscher über ihr in der Eiche war lauter. Und tausendmal schöner.

Sie schloss die Augen und drehte ihr Gesicht in die Morgensonne. So könnte es immer bleiben.

Nach einer Stunde wurde sie wieder wach und erschrak ein wenig. Einschlafen war nicht der Plan gewesen, aber schön. Sie musste wieder nach Hause. Schließlich wusste ja keiner, wo sie war. Langsam ging sie zurück, sie wollte noch so viel wie möglich von dem schönen Gefühl mitnehmen.

Als sie an der offenen Küchentür vorbeiging, sah sie, dass ihre Mutter das Frühstück schon fertig hatte und auch der Opa schon auf war.

»Ich komm gleich, dusche nur schnell und zieh mich um.«

Schnell lief sie die Treppe hoch und kam nach kurzer Zeit wieder in die Küche.

»Ich war laufen, es ist ein herrlicher Morgen. Der Regen war gut, alles sieht wie frisch gewaschen aus, die Luft ist so klar, einfach toll. Wenn es meinem Kopf auch nicht so richtig gut geht. Aber daran ist wohl der Abend schuld.«

Die Mutter nickte nur zu ihren Worten und war sonst sehr still. Man merkte ihr an, dass sie bedrückt war. Der Opa aß schweigend wie immer.

Pamela schaute von einem zum anderen.

»Was ist los, hab ich etwas verpasst? Ich war doch nur kurze Zeit weg. Was ich auch noch sagen wollte, wir müssen die Kasse vom Blumenfeld leermachen. Und was soll eigentlich mit den

Kartoffeln passieren? Die müssen doch geerntet werden.«

»Die Kasse, stimmt, da hat sich immer dein Vater drum gekümmert, jetzt müssen wir das machen. Die Kartoffeln, das hat er auch noch geregelt. Er hat die Ernte schon lange verkauft. Der Käufer kümmert sich auch um die Pflege und die Ernte, zum Glück. Wir hätten ja gar nicht gewusst, was wir machen müssten.«

Mit beiden Händen umfasste die Mutter ihre Kaffeetasse und schwieg wieder.

»Was ist los, Mutter? Du bist heute Morgen so anders. Gestern war doch noch alles gut.«

Die Mutter schaute sie an.

»Weißt du, was mir heute Morgen aufgegangen ist?«

Pamela schaute sie verständnislos an, auch der Opa unterbrach sein Frühstück.

»Ich bin heute Morgen aufgewacht und wollte zu dir. Ich hab viel überlegt in der Nacht, ich wollte mit dir reden. Du warst aber schon fort. So wird es bald immer sein.«

In ihre Augen traten Tränen.

»Ich werde allein sein. Keiner da, du beim Studieren, später beim Arbeiten, wo auch immer, und Opa, er wird auch nicht jünger. Und dann sitze ich allein hier auf dem Hof. Will ich das? Ich glaube nicht. Das, was uns der Opa erzählt hat, ist ja alles schon so lange her. Heute zählt das alles nicht mehr, ich hab auch mit der ganzen Vergangenheit nichts zu tun. Seit fast dreißig Jahren bin ich auf dem Hof, hab nur gearbeitet und für alle gesorgt. Es war auch alles gut. Aber jetzt, jetzt ist alles anders. Soll ich allein hier weiter auf alles aufpassen? Ich glaube, das will ich nicht. Eine kleinere Wohnung, vielleicht mit einem kleinen Garten, das würde mir reichen. Mit dem Geld, das wir haben, und dem, was wir jetzt geboten bekommen, damit könnte ich mir alle Wünsche erfüllen. Ich meine, wir sollten das Angebot annehmen. Noch ein wenig handeln, den Preis hochtreiben, und dann verkaufen. Nicht nur den Rosenacker, auch den Hof. Im Paket ginge es vielleicht auch leichter. Man könnte ja sagen, den Acker bekommt ihr nur, wenn ihr auch den Hof nehmt, zu einem angemessenen Preis natürlich.«

Opa schaute erschrocken zu ihr hin. Noch lebte er ja. Wenn sie alles verkaufen würden, was sollte dann aus ihm werden? Dachte denn keiner an ihn?

Pamela war total überrumpelt. Sie schluckte schwer und suchte nach einer Antwort.

Ihr Kopf funktionierte aber noch nicht richtig. Er war wie mit Watte gefüllt, das Essen schmeckte auch noch nicht, und jetzt schon gar nicht mehr.

Sie stand auf und brachte ihr Besteck und die Tasse zur Spüle. Sie musste raus. Erst einmal allein sein und sich sortieren.

16

»Ich fahre zu Bürgers. Ich muss mit Martin sprechen. Noch haben wir ja etwas Zeit, um uns zu entscheiden.«

Ob es am Alkohol lag oder an ihrer Mutter, konnte sie nicht sagen. Sie stieg in ihr Auto und fuhr mit Tränen in den Augen los. So konnte sie nicht zu Bürgers fahren. Der Aufbruch war eine Flucht gewesen. Jetzt musste sie sich erst einmal sammeln. Sie fuhr zum Parkplatz am Rosenacker und ließ ihren Tränen freien Lauf. Es war alles so kompliziert. Sie musste sich auch eingestehen, dass ihre Mutter recht hatte. Sie hatte sich bis jetzt noch keine Gedanken über ihre Zukunft gemacht. Wohin es sie einmal verschlagen würde, wusste sie nicht. Sie hatte nach der Schule nur weg gewollt. Wie hatte sie sich auf die Freiheit des Studiums gefreut, und wie hatte sie die Freiheit genossen! Sie war aber auch immer gern nach Hause gekommen, auf den Hof, zur Familie, Papa, Mama und Opa. Es waren feste Größen für sie gewesen, selbstverständlich hingenommen. Sollte das alles vorbei sein?

Sie schniefte heftig und wischte ihre Tränen ab. Selbstmitleid half ihr auch nicht weiter. Es musste eine Entscheidung getroffen werden.

Wieder schossen ihr Tränen in die Augen.

Was sollte sie machen? Sie wusste es nicht. Sie umschloss das Lenkrad mit beiden Händen und ließ den Kopf nach vorn sinken. Nichts hören und nichts sehen, weit weg sein, das wäre schön. Warum musste Papa sterben? Die Gedanken wirbelten in ihrem Kopf durcheinander.

Das Auto neben ihr bemerkte sie erst, als die Tür zugeschlagen wurde. Sie schaute erschrocken auf und wischte sich die Tränen ab.

Frau Hüsch, gerade mit dem Taxi angekommen, stützte sich auf ihren Rollator und schaute zu Pamelas Wagen. Als sie die junge Frau erkannte, machte sich ein Lächeln auf ihrem immer noch sehr schönen Gesicht breit.

Pamela wischte sich noch einmal die Tränen ab und öffnete ihre Tür.

»Guten Morgen, Frau Hüsch. Wollen Sie auch den schönen Morgen genießen? Es ist doch herrlich nach dem Regen gestern.«

Frau Hüsch wollte gerade zu einer lockeren Antwort ansetzen, als sie die rotgeweinten Augen von Pamela bemerkte.

»Ja, der Morgen ist herrlich, aber verzeihen Sie mir, Sie sehen nicht so aus, als wenn Sie ihn genießen könnten. Haben Sie immer noch Ärger mit Ihrem Freund? Kommen Sie mit, wir gehen gemeinsam zur Eiche, Sie schütten ihr Herz aus und ich höre Ihnen zu. Nur darüber reden hilft manchmal schon.«

Pamela stieg aus ihrem Auto und schaute Frau Hüsch an.

»Sie haben recht, wir sollten reden, allerdings nicht über meinen Freund, das ist er nicht mehr. Aber über Ihre Vergangenheit, da müssen wir reden. Das ist, glaube ich, jetzt eine gute Gelegenheit. Es ist bestimmt eine höhere Fügung, dass wir uns heute Morgen hier getroffen haben.«

Frau Hüsch sah mit einem Mal älter aus.

»Kann man die Vergangenheit nicht ruhen lassen? Was kann man heute noch an ihr ändern?«

»Ändern kann man sie nicht mehr, da haben Sie recht. Aber ihre Auswirkungen, die reichen bis in unsere Zeit. Es holt uns immer wieder ein. Und wir müssen uns damit auseinandersetzen.«

Langsam gingen die beiden Frauen den Weg nach oben.

Pamela sprach als Erste.

»Unser Opa hat uns gestern seine Lebensgeschichte erzählt. Jetzt wissen wir, also meine Mutter und ich, warum vieles so ist, wie es ist. Warum unsere Familie seit Jahrzehnten mit Bürgers im Streit sind und dass ja auch wir, also Sie und unsere Familie, irgendwie zusammenhängen. Und warum Sie nach so vielen Jahren noch einen Anspruch auf unseren Rosenacker stellen.«

Frau Hüsch blieb stehen, schaute Pamela in die Augen und schüttelte den Kopf.

»Ich habe keinen Anspruch auf den Rosenacker, habe ich noch nie gehabt. Ihr Opa hat recht, er hat Ihnen wahrscheinlich erzählt, dass ich als junges Mädchen so getan habe, als hätte ich Anspruch. Das waren Jugendsünden, und es war eine ganz andere Zeit.

Aber sagen Sie, wollen wir nicht du zueinander sagen? Ich fände es schön. Du bist eine so nette junge Frau, so eine Tochter wollte ich immer haben. Es war mir nicht vergönnt. Also, ich heiße Sahra.«

Pamela hatte damit nicht gerechnet. Nach einer Schrecksekunde reichte sie der alten Dame aber die Hand und sagte: »Gerne, ich heiße Pamela, aber das weißt du ja schon. Dass du Sahra heißt, das weiß ich seit gestern.«

Langsam setzten sie sich wieder in Bewegung.

Hinter ihnen, auf der anderen Seite der Stadt, machten sich wieder dunkle Wolken breit. Das schöne Wetter würde wohl nicht lange anhalten. Aber das sahen die beiden Frauen im Moment nicht.

»Als ich im Krieg hierher kam, da meinten alle ich sei etwas Besonderes«, begann Sahra. »Die anderen Mädchen beneideten mich um mein Leben in Berlin. Die Jungen himmelten mich an, sie gaben mir das Gefühl, ich sei eine Königin. Dabei hatte ich nur Angst und Heimweh nach meiner Familie. Ich war allein, ich wollte nichts Besonderes sein. Aber alle machten mich zu etwas Besonderem, und irgendwann hatten sie es geschafft, mir einzureden, ich wäre etwas Besonderes.

Dann lernte ich Hubertus kennen und verliebte mich unsterblich in ihn.«

Sahra blieb stehen und schaute blicklos in die Ferne.

»Ich habe mich wirklich verliebt. Aber er wollte von mir nichts wissen. Er wollte nur seine Hannelore. Ich weiß es noch wie heute. Ich hatte keine Chance. Als ich ihm zu nah kam, machte er mir sehr deutlich klar, was er von mir hielt. Das hat mir schon weh getan, später ist mir aufgegangen, dass er recht hatte. Dass dein Opa ein Auge auf mich geworfen hatte, das hatte ich schon gemerkt. Ich wollte Hubertus eifersüchtig machen und hab mich auf deinen Opa eingelassen. Er meinte es ernst, ich nicht. Wie sehr ich ihm damit wehgetan habe, das hab ich gar nicht wahrgenommen. Ich wollte nur weiter Königin sein. Was für ein blödes Verhalten.«

Sie schüttelte den Kopf und schaute Pamela an.

»Das meinte ich, als ich sagte, spiele niemals mit Gefühlen.«

Langsam gingen sie weiter.

»Dann mussten die Jungen in den Krieg. Hubertus ist gefallen, dein Opa kam zurück. Mein Vater war inzwischen in Berlin verschollen, Mutter wieder hierher gezogen. Sie war aber kränklich und hat nicht mehr lange gelebt, kurz nach dem Krieg ist sie verstorben. Vor ihrem Tod hat sie mir aber noch erzählt, dass mein Vater deiner Familie das Geld für den Rosenacker gegeben hat.«

Sie blieb erneut stehen und atmete tief durch.

»Sprechen und laufen strengt doch sehr an, machen wir eine kurze Pause.«

Pamela hörte das Grollen hinter ihnen als Erste und schaute sich um. Hinter der Stadt hatten sich die dunklen Wolken weiter aufgetürmt. Sie zogen aber mehr seitwärts, nicht über die Stadt zu ihnen.

»Vielleicht haben wir Glück und der Regen zieht vorbei. Ich würde deine Geschichte jetzt gerne zu Ende hören.«

»Ja, gehen wir langsam weiter.« Man sah Sahra an, dass sie Pamelas Worte gar nicht wahrgenommen hatte.

»Mein Vater hatte also das Geld aus Berlin geholt und deinem Uropa, so lange ist das schon her, gegeben. Er wollte aber nur helfen. Das hat mir meine Mutter ganz klar gesagt. Er wusste, dass der Krieg nur schlecht ausgehen konnte. Er hatte viel Geld, Bargeld zu Hause. Damit konnte er nichts mehr anfangen, er meinte, dass es sowieso verloren wäre. Er holte es also und gab es euch. Ohne Verpflichtung, er wollte nur, dass das Feld Rosenacker heißen sollte, mehr nicht. Das hat meine Mutter extra betont. Dann ist sie gestorben und ich war ganz allein.«

Erst jetzt bemerkte Pamela die Tränen auf den Wangen der alten Frau. Sie wusste aber nichts zu ihrem Trost zu sagen. Sie legte ihr einen Arm um die gebeugten Schultern.

Sie hatten die Bank erreicht und setzten sich.

Sahra schaute Pamela an.

»Ich langweile dich bestimmt mit den alten Geschichten. Dein Opa hat euch ja schon alles erzählt, wie du gesagt hast. Aber mir tut es gut, alles einmal zu erzählen.

Also, ich war dann ganz allein, unzufrieden und ungerecht. Ich gab allen anderen die Schuld an meinem Schicksal. Und dann erfuhr ich die Geschichte mit dem Geld. Ich bildete mir ein, dass ich mit diesem Wissen Macht hätte. Erst mein Mann, Juwelier Hüsch, ein guter Mann, machte mir klar, was ich mit meinem Verhalten anrichtete. Ich hab mich dann eigentlich nur noch dafür geschämt. Aber ich hatte schon viel angerichtet. Dein Opa hat geglaubt, dass er mir etwas schuldig wäre, er kannte die Geschichte dann auch und hatte ein schlechtes Gewissen mir gegenüber. Wir haben es aber in all den Jahren nicht geschafft, uns mal auszusprechen. Ich hab mich geschämt und er hatte ein schlechtes Gewissen.«

»Und dann hat er angefangen teure Ringe bei

euch als Wiedergutmachung zu kaufen. Er hat sie uns gestern erst gezeigt. Es ist ein richtiger Schatz.«

»Ja, am Anfang hat ja mein Mann noch gelebt und der hat sich nichts dabei gedacht, er war froh über das gute Geschäft. Dass dein Opa sich dabei weh getan hat, also finanziell, und warum er so teuren Schmuck gekauft hat, das hat er nicht gemerkt. Als ich es mitbekommen habe, habe ich versucht, deinen Opa davon abzubringen. Er ließ aber nicht mit sich reden. Er hat das durchgezogen, bis dein Vater den Hof übernommen hat. Dann war es Gott sei Dank zu Ende.«

Sahra stützte ihre Hände auf die Griffe des Rollators und schaute auf das sich unter ihnen ausbreitende Feld, auf dem die Kartoffeln noch in einem satten Grün standen.

»Aber ich liebe dieses Feld, ich bin gerne hier, schau es mir an und fände es gut, wenn es weiter ein Feld bleiben würde.« Und leiser fügte sie hinzu: »Kein Industriegebiet.«

Pamela hatte gespannt zugehört.

»Das möchte ich ja auch nicht. Alle anderen wollen aber, dass wir verkaufen. Der Bürgermeister möchte das, so ein windiger Konsul war bei uns und hat es uns schmackhaft gemacht, ein Architekt, und jetzt möchte auch noch meine Mutter verkaufen. Wobei, sie kann ich noch am besten verstehen. Über ihre Angst vor dem Alleinsein hatte ich mir zunächst gar keine Gedanken gemacht. Ich weiß ja noch nicht einmal, was ich will, komme ich nach meinem Studium wieder hierher zurück? Oder ergibt sich etwas ganz anderes?«

Ein heftiger Windstoß fegte plötzlich über sie hinweg und ließ sie aufblicken. Die dunkle Wolkenwand war über die Stadt hinweggezogen und hatte sie fast erreicht. Bevor eine von ihnen etwas sagen konnte, fielen auch schon die ersten dicken Tropfen.

»Au weia«, sagte Pamela, »das haben wir ja völlig ignoriert. Jetzt wird es heftig. Ich lauf schnell zum Parkplatz und hole mein Auto. Warte so lange hier.«

Sie sprang auf und lief hastig den Weg nach unten.

Der Regen wurde immer heftiger und als Pamela das Auto erreichte, war sie völlig durchnässt. Schnell sprang sie in den Wagen und fuhr den Weg zurück nach oben zur Eiche. Auch Sahra sah aus wie ein begossener Pudel. Die Haare hingen ihr links und rechts herunter und die Schminke verteilte sich in bunten Streifen über ihr Gesicht. Pamela musste unwillkürlich lachen, als sie das sah.

Sie sprang aus dem Auto und half Sahra beim Einsteigen, den Rollator verstaute sie noch im Kofferraum und stieg dann auch wieder schnell ein.

Sahra schaute zu ihr hin und fing dann auch an zu lachen.

»Jetzt hat es uns aber ganz schön erwischt. Ich glaube, ich hab keinen trockenen Faden mehr am Leib.«

»Machen wir, dass wir nach Hause kommen. So bekommen wir womöglich noch eine Erkältung.«

»Fährst du mich heim?« Sahras Stimme klang etwas gequält.

»Natürlich, ich kann dich doch so nicht laufen lassen.« Sie schaute zu Sahra und musste wieder lachen. »Wie aus der Waschmaschine, nur nicht geschleudert.«

»Glaub nur nicht, dass du besser aussiehst, eine nasse Katze ist nichts dagegen.«

Nun lachten beide und ihre eben noch so trübe Stimmung hob sich ein wenig.

Beim Juweliergeschäft angekommen, half Pamela Sahra beim Aussteigen, holte den Rollator und öffnete ihr noch die Haustür.

»Ich danke dir, Pamela, du musst einmal auf einen Kaffee kommen, dann können wir uns weiterunterhalten. Jetzt muss ich mich aber erst mal umziehen. Du auch, nicht dass du noch krank wirst.«

Pamela setzte sich wieder ins Auto und dachte nach.

Eigentlich wollte sie ja zu Martin. In diesem Zustand konnte sie aber nicht losfahren. Sahra hatte recht, erst einmal musste sie sich umziehen.

17

Der Regen prasselte unvermindert weiter herunter. Die Scheibenwischer hatten ihre Last mit dem vielen Wasser. Die Straße konnte man nur noch verschwommen erkennen und langsam fuhr Pamela auf ihren Hof.

Als sie die beiden fremden Autos bemerkte, trat sie abrupt auf die Bremse.

Den einen Wagen hatte sie schon einmal gesehen, Konsul Dallenberg, richtig.

Und der zweite? Ein kleines Auto mit der Werbung einer Leihwagenfirma, wer war das?

Sie sollten bestimmt erneut unter Druck gesetzt werden. Das würde sie aber nicht zulassen. Erst musste sie mit ihrer Mutter einig werden, das war das Wichtigste. Sie biss die Zähne zusammen und stieg aus. Jetzt erst merkte sie, wie kalt es ihr war. Schnell lief sie durch den Sturzregen zur Haustür. Sie wollte sie gerade öffnen, da wurde diese von innen aufgerissen und vor ihr stand – Jan.

Unwillkürlich trat Pamela einen Schritt zurück und stand wieder im Regen. Jan wollte ihr folgen, wich aber gleich wieder zurück. Pamela drängelte sich an Jan vorbei in den Flur.

»Was machst du denn hier, wie kommst du

hierher?«

Pamela konnte nur stammeln.

»Hallo Pamela.«

Jan wollte sie in seine Arme ziehen, wurde aber ziemlich grob zurückgestoßen.

»Was willst du hier?« Pamela wurde wütend. »Hab ich dir nicht klargemacht, dass ich dich nicht mehr sehen möchte?«

»Aber Schatz, begrüßt man denn so einen alten Freund? Ich hatte so Sehnsucht nach dir. Da hab ich gedacht, vielleicht brauchst du mich. Und jetzt bin ich da.«

Er zeigte hinter sich.

»Meine Hilfe kannst du anscheinend gebrauchen. Ich hab den Herrn Konsul und deine Mutter schon kennen gelernt. Ihr habt ja richtige Probleme. Warum hast du mir nicht Bescheid gesagt? Ich hätte dich doch unterstützt.«

Pamela fauchte ihn an: »Du mich unterstützt? Nach ein paar Tagen Trennung hast du mich schon hintergangen, und das auch noch in meiner Wohnung, blöder und gemeiner geht doch eigentlich nicht.«

Die harten Worte prallten an Jan wirkungslos ab.

»Jeder macht doch mal Fehler. Du hast ja recht. Aber jetzt bin ich ja da und kann euch helfen.«

Lächelnd versuchte er sich Pamela wieder zu nähern. Sie wich zurück, drehte sich um und lief die Treppe hinauf.

»Ich muss mich erst umziehen.«

Jan ließ sich nicht zurückhalten und folgte ihr bis ins Bad, wo Pamela gerade versuchte, sich das am Rücken klebende T-Shirt über den Kopf zu ziehen.

Jan schaute ihr einen Moment lächelnd zu und wollte ihr dann helfen.

Pamela drehte sich wütend zu ihm um und fauchte ihn an.

»Mach, dass du rauskommst, und verschwinde am besten sofort aus meinem Leben.«

Sie packte seinen Arm und schob ihn vor die Tür, die sie dann geräuschvoll schloss und den Schlüssel umdrehte. Aufatmend zog sie sich aus und stellte sich unter die Dusche.

Nach dem Duschen, mit frisch geföhnten Haaren und trockener Kleidung, fühlte sie sich den Herausforderungen, die in der Küche auf sie warteten, gewachsen. Energisch öffnete sie die Küchentür.

Opa saß in seinem Sessel am Fenster, ihre Mutter auf der einen Seite des Tisches, Jan neben Konsul von Dallenberger auf der anderen.

Der sprang sofort auf und kam mit ausgestreckter Hand auf sie zu.

»Da ist ja die bezaubernde junge Frau Langenbach. Ich freue mich, Sie zu sehen. Bei dem letzten Termin im Rathaus konnte ich ja leider nicht dabei sein. Tut mir leid. Aber jetzt haben wir einen neuen Termin, etwas kurzfristig, aber deshalb bin ich auch persönlich hier.«

Er schüttelte ihre Hand und zeigte dann auf Jan.

»Ich konnte mich mit Ihrer Mutter und Ihrem Freund schon etwas unterhalten. Es sieht ja alles sehr gut aus. Für solche tollen junge Paare, wie Sie eins sind, da lohnt es sich doch, für eine blühende Zukunft zu sorgen. Mit den Möglichkeiten, die Sie nach dem Verkauf haben werden, also ich beneide Sie, die Welt wird Ihnen offenstehen. Ihr Freund hat mir erzählt, dass Sie gemeinsam nach dem Studium direkt ins Berufsleben starten wollen. Das ist ein toller Plan. Mit dem finanziellen Grundstock, den Sie dann haben werden, wie gesagt, Sie haben alle Möglichkeiten. Und ich habe noch eine gute Nachricht. Meine Auftraggeber haben mich ermächtigt, den Kaufpreis noch etwas aufzustocken. Also mein Kompliment, durch Ihr Verhandlungsgeschick haben Sie noch viel gewonnen.«

Der Konsul unterstrich seine Worte mit wedelnden Armen. Mit seinem Redeschwall und seiner Liebenswürdigkeit überdeckte er seine Nervosität und den Druck, unter dem er stand.

Letzte Nacht, Punkt Mitternacht wie immer, hatte sein zweites Handy auf seinem Nachttisch geklingelt. Der Anrufer hatte sich mit falscher Liebenswürdigkeit nach seinem Befinden erkundigt. Gequält hatte der Konsul geantwortet, dass alles gut sei und es ihm hervorragend gehe.

Darauf hatte der Anrufer ihn beglückwünscht und ihn freundlich darauf hingewiesen, dass er doch sicherlich wolle, dass das so bleibe. Danach war die Stimme hart geworden. Wie weit denn die Verhandlungen mit der Stadt fortgeschritten seien? Sie wollten langsam Resultate sehen. Wer ›sie‹ waren, wusste der Konsul nicht. Der Kontakt fand immer nur über das Telefon statt. Er bekam einen Auftrag und erfüllte ihn. Wenn alles gut gelaufen war, wurde sein Konto um eine erhebliche Summe bereichert. Dass seine Auftraggeber nicht innerhalb der Gesetze agierten, war ihm schon klar. Aber dem Geld sah man es ja nicht an. Außerdem redete er sich ein, er wäre ja nur Vermittler. Trotzdem kroch ihm bei jedem Telefonat die kalte Angst über den Rücken.

Er versuchte sich zu rechtfertigen. Es sei ein Todesfall dazwischengekommen und die Formalitäten müssten erst erledigt werden. Er stehe aber mit den Erben in Kontakt und eine Vertragsunterzeichnung werde in Kürze stattfinden.

Kalt teilte ihm die namenlose Stimme mit, dass sie Ergebnisse erwarten würden, bald. Wenn es am Geld liegen würde, könnte er das Angebot erhöhen, daran würde es nicht scheitern. Aber einen baldigen Vertragsabschluss, das würden sie erwarten, oder sie müssten ihre Geschäftsbeziehung mit ihm überdenken. Nach dieser Drohung wurde grußlos aufgelegt.

Er hatte sofort die Verträge neu formuliert und war am nächsten Morgen früh aufgebrochen, um mit dem Bürgermeister einen möglichst zeitnahen Termin zu vereinbaren. Dieser hatte ihm freie Hand gegeben. Er sollte die Sache nur mit den Betroffenen persönlich abklären. Daraufhin war er sofort weiter zu Langenbachs gefahren und hatte dort Pamelas Mutter und Jan getroffen.

Er hatte sofort angefangen, den beiden die Sache schmackhaft zu machen. Jan hatte nachgefragt, worum es bei Langenbachs eigentlich gehe.

Ausführlich hatte der Konsul die zentrale Bedeutung des Rosenackers herausgestellt und auch den möglichen höheren Preis erwähnt. Als Jan den Betrag hörte, um den es ging, vergaß er alles andere und war sich sicher, dass er sich mit Pamela wieder versöhnen musste.

Er versuchte seine Beziehung zu Pamela in einem besonders guten Licht darzustellen. Er sei ja schon lange mit ihr zusammen und sie hätten gemeinsame Pläne für die Zukunft. Die Mutter hörte nur wortlos zu und sorgte für Kaffee.

Der Konsul hatte in Jan sofort einen Verbündeten erkannt. Er konnte für ihn von Vorteil sein. Wie sich Pamela entscheiden würde, das konnte er nicht einschätzen, aber vielleicht konnte ja ihr Freund in seinem Sinne Einfluss auf sie nehmen.

Von Dallenberg ließ den anderen gar keine Zeit zum Antworten, er redete einfach weiter.

»Ich erwähnte ja schon den etwas kurzfristigen Termin. Aber Sie müssen entschuldigen, ich bin ein sehr gefragter Mann und muss mir meine Zeit genau einteilen. Also, ich habe hier in der Nähe noch Termine. Mit dem Bürgermeister habe ich schon gesprochen, wenn es für Sie möglich wäre, könnten wir uns morgen früh um zehn Uhr im Rathaus treffen. Die Verträge liegen ja schon vor. Wir können sie dann ja schnell durchgehen und unterzeichnen. Es ist ja alles nur noch Formsache.«

Er schaute Pamela direkt an. Die war überrumpelt und überfordert. Das war zu viel auf einmal. Heute Morgen der Vorwurf ihrer Mutter, dann Sahra, und jetzt völlig überraschend Jan und der Konsul.

Die musste sie erst einmal loswerden, egal wie. Auf Diskussionen wollte sie sich nicht einlassen.

»Ich glaube, das passt. Wir treffen uns morgen früh im Rathaus.«

Sie streckte dem Konsul die Hand hin und öffnete mit der anderen Hand die Tür. Wenn er auch merkte, dass das ein Rauswurf war, so ließ er es sich nicht anmerken. Er drehte sich noch kurz zu den anderen um und verabschiedete sich lächelnd und siegesgewiss.

»Auf Wiedersehen, es hat mich sehr gefreut, so eine nette Familie kennen zu lernen.«

Der Regen hatte etwas nachgelassen und er konnte sein Auto fast trocken erreichen.

In der Küche stand Jan auf und trat zu Pamela.

»Das ist doch toll. Der Konsul hat doch recht, was haben wir, wenn das klappt, für Möglichkeiten. Wir brauchen keine Angst vor dem Anfang zu haben. Wir haben einen Grundstock, von dem wir zehren können, bis unsere Büros richtig laufen.«

Er nahm Pamelas Hände.

»Das ist doch mehr, als man sich erträumen kann.«

Er wollte sie umarmen und trat einen Schritt vor.

Sie stieß ihn von sich und fauchte ihn an:

»Sag mal, spinnst du? Ein ›wir‹ gibt es überhaupt nicht mehr. Ich werde mit dir auf keinen Fall irgendetwas gemeinsam anfangen. Was hast du diesem schrecklichen Menschen eigentlich erzählt? Was hat er dir erzählt? Was wir hier entscheiden, geht nur meine Familie etwas an, und da gehörst du auf keinen Fall dazu und wirst es auch nie.«

Ihre Augen sprühten förmlich vor Zorn.

Ihre Mutter musste plötzlich grinsen. Ihr war

eingefallen, wie vor vielen Jahren ihr Mann von einem Streit mit seinem Vater erzählt hatte. Er sagte damals: Aus seinen Ohren stiegen vor Wut kleine Rauchwölkchen.

»Was gibt es da zu lachen?«, fuhr Pamela ihre Mutter an. »Wie lange ist denn dieser Spinner schon hier? Was hat er euch denn alles erzählt? Ich habe mit ihm nichts mehr zu tun, ich will ihn auch nicht mehr sehen. Wie ich so blöd sein konnte, auf ihn hereinzufallen, das weiß ich jetzt auch nicht mehr.«

Jan versuchte sich zu rechtfertigen.

»Jetzt beruhige dich doch mal. Wir hatten doch auch eine schöne Zeit. Und jeder macht doch mal einen Fehler. Dass ihr solche Probleme lösen müsst, habe ich doch nicht gewusst. Ich hätte euch doch sonst geholfen.«

»Bei was hättest du uns denn geholfen? *Jetzt* würdest du uns gerne helfen. Jetzt, wo du gehört hast, um was für Summen es geht, da willst du uns selbstverständlich helfen. Du hast ja förmlich die Euro-Zeichen in den Augen. Aber so nicht. Es ist vorbei. Pack deine Jacke und verschwinde, sofort. Ich will dich hier und auch sonst wo nicht mehr sehen. Hau ab.«

Sie riss die Tür wieder auf und drehte sich zur Seite, um Jan durchzulassen. Der hatte endlich verstanden, dass er keine Chance mehr hatte. Er nahm seine Jacke, nickte der Mutter und dem

Opa nur kurz zu und sah Pamela noch einmal in die Augen.

»Vielleicht überlegst du es dir noch einmal.«

»Raus mit dir!«

Sie knallte hinter ihm die Tür zu und ließ sich schwer atmend auf einen Stuhl sinken.

»Was für ein Morgen. Man sagt ja immer, schlimmer geht immer – wie treffend.«

Ihre Mutter schaute sie sorgenvoll an.

»Ich habe noch Kaffee, möchtest du welchen? Wo warst du denn? Bist du bei dem Regen gelaufen? Du wolltest doch zu Martin?«

»Kaffee ja bitte, ich war nicht bei Martin. Ich musste mich erst einmal sortieren und bin zum Rosenacker gefahren. Dort hab ich Frau Hüsch, oder ab heute Sahra, getroffen. Sie hat mir ihre Geschichte erzählt.«

Sie nahm ihre Tasse mit beiden Händen und nahm einen Schluck.

»Ich hab sie dann nach Hause gefahren und dann hierher gekommen. Den Rest habt ihr ja miterlebt. Wann ist Jan denn gekommen?«

»Kurz nachdem du weg warst. Er hat sich förmlich als dein Freund vorgestellt, war nett und höflich. Hat einen guten Eindruck gemacht.«

»Das kann er, aber da ist nichts dahinter. Ich bin auch auf seine Fassade reingefallen. Jetzt hat er auch noch das große Geld gerochen, da ist er doppelt freundlich. Das Ganze mit ihm war ein

Irrtum, aber egal jetzt. Wir haben andere Probleme.«

Sie schaute ihre Mutter und den Opa an.

»Wir müssen uns jetzt entscheiden, verkaufen wir oder verkaufen wir nicht. Der Termin ist ja sehr kurzfristig, aber es hilft ja alles nichts.«

Ihre Mutter schenkte sich Kaffee ein und schaute fragend zum Opa.

»Möchtest du auch noch einen? Jetzt ist er noch heiß.«

Opa hielt ihr wortlos seine Tasse hin und sagte, als sie gefüllt war: »Ich kann nicht mehr beurteilen, was richtig wäre, aber so wie ich diesen angeblichen Konsul jetzt zweimal erlebt hab, da ist doch irgendetwas faul. Ich wäre vorsichtig.«

»Aber jetzt haben wir die Gelegenheit zu verkaufen. Ob die sich so schnell noch einmal bietet?« Die Mutter schaute die beiden herausfordernd an. »Ich hab euch meine Meinung gesagt. Wenn wir nicht verkaufen, sitze ich irgendwann allein hier. Das möchte ich nicht. Ich bin für verkaufen.«

Man sah ihr an, dass es ihr schwerfiel, ihre Meinung zu vertreten.

Pamela griff über den Tisch und nahm ihre Hände.

»Ich kann dich verstehen. Aber du bist hier doch zu Hause. Du müsstest woanders ganz neu anfangen.«

»Und du, du willst doch auch nicht hierbleiben«, zornig funkelte sie ihre Tochter an und entzog ihr ihre Hände, »du musst doch auch woanders ganz neu anfangen. Du hast das Recht dazu, ich nicht? Ist es das Recht der Jugend oder was?«

»Ich weiß nicht, was das Recht der Jugend ist und was nicht. Ich denke bloß, wir sollten nicht alles zubauen, sondern der Natur auch noch eine Chance lassen. Was haben wir denn davon, wenn der Rosenacker und die anderen Felder auch noch verbaut werden? Du hast recht, ich weiß noch nicht, wo ich einmal hingehe, aber eins steht fest, wenn auf dieser Seite der Stadt auch noch ein Gewerbegebiet ist, dann möchte ich auf keinen Fall hier leben.«

Sie kämpfte mit den Tränen.

»Wir können doch nicht so weitermachen und immer mehr zubetonieren. Das hat übrigens auch mein Professor gesagt, Fläche ist nicht vermehrbar, das, was für die Natur verloren ist, ist verloren. Da brütet kein Vogel fliegt kein Insekt mehr. Das müssen die Menschen doch irgendwann kapieren.«

»Müssen wir jetzt anfangen, die Welt zu retten?«

»Irgendwo muss man ja anfangen. Und mit der Geschichte, die der Rosenacker hat, ein Grund mehr, ihn zu erhalten.«

166

Pamela stand auf und ging in der Küche hin und her.

»Mama, ich kann dich verstehen. Können wir keine Lösung finden, mit der wir alle leben können?«

»Dann mach dir doch mal Gedanken. Bis jetzt forderst du nur von anderen. Du willst dir den Rücken und alle Wege freihalten. So geht das nicht, wenn du absolut gegen einen Verkauf bist, dann musst du dir Gedanken machen, wie es weitergehen soll.«

Der Opa hatte dem Streit mit sorgenvollem Gesicht zugehört und meldete sich jetzt zu Wort.

»Ich bin gegen einen Verkauf. Ob das richtig ist, weiß ich nicht, es ist eine Entscheidung aus dem Bauch heraus. Aber ihr habt beide recht. Also müsst ihr einen Weg finden, mit dem ihr beide leben könnt, Streit bringt euch nicht weiter.«

Die beiden Frauen schauten sich an. Pamela lenkte als Erste ein.

»Ich weiß nicht weiter. Ich versuch noch mal mit Martin zu sprechen. Vielleicht hat der ja eine Lösung. Wartet mit dem Essen nicht auf mich, Ich weiß nicht, wann ich wiederkomme.«

Mit gesenkten Kopf verließ Pamela die Küche. Der Regen hatte aufgehört und sie fuhr langsam vom Hof.

18

Auf dem Hof von Bürgers war es still. Ein großer schwarzer Hund lag dösend vor der Haustür. Träge hob er den Kopf, als Pamela in sicherer Entfernung den Wagen abstellte. Sie blieb einen Moment sitzen und schaute sich um.

Vor ihr war das Wohnhaus mit einer sehr schön zurechtgemachten Fassade. Links von ihr war der Garten, mit einem weißen Zaun vom Hof abgegrenzt, durch die alten Bäume entstand der Eindruck eines Parks.

Rechts waren die alten Stallungen, jetzt zu schönen hellen Wohnungen umgebaut. Davor parkten drei Autos, zu sehen war aber niemand.

Pamela seufzte, stieg aus und ging zum Haus. Der Hund stand auf und kam ihr schwanzwedelnd entgegen.

Sie bückte sich zu ihm herunter und kraulte ihn am Hals.

»Na du, wer bist du denn? Tust du mir was? Ich glaube nicht, ich tue dir auch nichts. Lass mich mal durch zur Haustür.«

Sie wollte gerade auf die Klingel drücken, als auch schon geöffnet wurde und der Vater von Martin sie böse anschaute.

»Guten Tag, ich bin Pamela Langenbach, ist

Martin zu sprechen?«

»Ich weiß, wer du bist. Martin ist nicht zu sprechen. Und daran bist du schuld. Es ging ihm, bevor du aufgetaucht bist, so gut. Jetzt kommt er gar nicht mehr klar und ist wieder in der Klinik. Lass ihn in Ruhe, wir wollen nichts mit euch zu tun haben.«

Seine Stimme war immer zorniger geworden.

Pamela wollte gerade fragen, in welcher Klinik Martin war, da packte Herr Bürger den Hund am Halsband, zog ihn nach drinnen und knallte die Tür zu.

Pamela konnte es nicht fassen. Wie konnte man nur so sein. Sie hatte doch nichts Böses gewollt. Nur mit Martin sprechen. Was hatte er überhaupt für Probleme? Das musste sie noch in Erfahrung bringen.

Sie drehte sich um und ging wieder zum Auto zurück. Da sah sie im Garten Martins Mutter, die auf einen Rechen gestützt zu ihr herüberschaute.

Entschlossen ging Pamela zu ihr.

»Guten Tag, Frau Bürger. Sie haben ja einen herrlichen Garten hier. Macht aber sicher auch viel Arbeit.«

»Das kannst du glauben, willst du mir helfen?«

»Ein andermal gerne. Jetzt wollte ich aber eigentlich mit Martin sprechen.«

»Das ist im Moment schlecht. Er ist wieder in der Hegewald-Klinik. Er hat sich selber eingewiesen.«

»Was hat er denn? Ich weiß nur, dass er in Therapie ist.«

»Er hat schwere Depressionen. Sie kommen schubweise. Es muss während seines Einsatzes in Afghanistan irgendetwas vorgefallen sein, was ihn unheimlich belastet. Er spricht aber nicht darüber. Er muss sich öffnen, sonst kann ihm nicht geholfen werden.«

»Ihr Mann meint, ich wäre schuld, dass es wieder schlimmer geworden ist.«

»Das ist doch Quatsch. Er ist nur verbittert und leidet mit Martin. Das meint er gar nicht so.«

Pamela schaute die freundliche Frau an.

»Danke schön, das ist sehr nett von Ihnen, dass Sie mir keine Schuld geben.«

Pamela knetete ihre Hände.

»Aber auch wenn Martin nicht da ist, ich muss bis morgen früh eine Entscheidung treffen. Und ich weiß nicht, wie ich es richtig mache.«

Sie schaute Frau Bürger ratlos an, die ihr interessiert antwortete:

»Was musst du denn entscheiden?«

»Die Stadt möchte, dass wir den Rosenacker an einen windigen Investor verkaufen. Ich möchte das nicht. Sie wissen ja, wie das ist, wenn man so am Rand eines Gewerbegebietes wohnt.«

»Ja, das ist nicht schön. Aber man gewöhnt sich daran.«

»Ich möchte aber nicht verkaufen. Meine Mutter hingegen will weg, es wäre ein einmaliges Angebot und eine Chance. Ich kann sie verstehen. Sie sagt, wenn mit meinem Opa etwas passiert und ich wer weiß wo arbeite, sitzt sie allein auf dem Hof.«

»Da hat sie wohl recht. Aber was hat Martin damit zu tun?«

»Gar nichts. Aber nachdem ich weiß, was das Feld alles erlebt hat, würde ich schon gerne mit ihm sprechen. Nur mal reden. Das hilft ja schon. Morgen ist schon der Termin im Rathaus, bis dahin müssen wir uns entschieden haben.«

»Zu Martin schaffst du es nicht mehr. Bis zur Klinik fährst du ja fast zwei Stunden. Dann weißt du noch nicht, ob du überhaupt mit ihm sprechen kannst, er hat ja seine Therapiestunden, und heute wäre, bis du da bist, sowieso Nachtruhe. Jetzt musst du erst einmal allein entscheiden. Ist gar nicht so einfach. Wenn du schon wüsstest, was du willst, dann wäre es einfacher. So hat deine Mutter schon recht. Wenn du nicht nach Hause kommen willst«, sie zuckte mit den Schultern, »dann ist sie allein. Möchte ich auch nicht. Aber vielleicht kannst du ja auch hierbleiben. Du studierst doch Architektur? Als Architekt kann man auch *hier* arbeiten.«

Es durchströmte Pamela wie ein Schauer. Frau Bürger hatte recht. So weit hatte sie noch gar nicht gedacht. Was wäre, wenn sie hier ein Büro aufmachen würde?

Sie musste nachdenken, sie hatte nur noch den Abend und eine Nacht. Aber vielleicht war sie der Lösung schon ein Stück näher gekommen. Erleichtert reichte sie Martins Mutter die Hand.

»Ich danke Ihnen, Frau Bürger, Sie haben mir sehr geholfen. Jetzt muss ich erst einmal allein entscheiden. Aber ich werde Martin besuchen und mit ihm sprechen. Auf Wiedersehen, ich hoffe, wir sehen uns wieder, und grüßen sie Ihren Mann, sagen Sie ihm, dass es mir sehr leid tut. Ich wollte Martin nicht aufregen.«

»Hast du nicht, mach dir keine Gedanken. Das wird schon alles wieder gut.«

Pamela winkte noch einmal, verließ den Garten, wendete das Auto und fuhr vom Hof. Bewusst nahm sie aber nicht den direkten Weg nach Hause, sondern fuhr in das angrenzende Gewerbegebiet hinein. Trotz der mittlerweile späten Stunde war hier immer noch hektische Betriebsamkeit. LKW's kamen und fuhren, wurden beladen oder ausgeladen. Gabelstapler huschten geräuschlos umher, beim Rückwärtsfahren aber penetrant piepsend. Mittendrin befand sich ein Imbiss. Über seinem Dach blinkte eine große Wurst und erinnerte Pamela daran, dass sie lange nichts gegessen hatte.

Sie parkte, schaute einen Moment auf das rege

Kommen und Gehen, stieg aus und stellte sich in die Reihe der Wartenden.

Hinter der Theke bedienten vier Frauen und es ging zügig voran. Pamela hatte noch zwei Mann vor sich, als ihr einfiel, dass sie ja gar kein Geld dabeihatte. Verlegen scherte sie aus der Reihe aus, murmelte »Entschuldigung«, ging zu ihrem Auto und fuhr davon, einfach weiter. Sie verließ das Gewerbegebiet auf der anderen Seite und umfuhr die Stadt auf landwirtschaftlichen Wegen.

Schließlich kam sie wieder am Parkplatz unterhalb vom Rosenacker an.

Sie stieg aus, schloss die Tür, lehnte sich ans Auto und ließ ihren Blick über das Feld schweifen. Die untergehende Sonne tauchte alles in ein wunderschönes Licht und ließ das Grün der Kartoffeln intensiv leuchten. Die Blumen neben ihr auf dem kleinen Beet versuchten mit dem Unkraut zu konkurrieren und reckten ihre Blüten in die Höhe. Pamela schämte sich plötzlich. Sie war ja nicht mal imstande, das kleine Blumenfeld zu pflegen. Wie sollte das erst mit dem ganzen Feld gehen? Es einem anderen Bauern verpachten? Selbst bewirtschaften ging ja sowieso nicht. Sie hatte keine Ahnung und keine Maschinen. Ihr Vater hatte die Bewirtschaftung ja auch vergeben.

Hauptsache, es wurde nicht zugebaut. Es musste ein Feld bleiben. Keine Fabrikhalle, kein Baumarkt durfte darauf errichtet werden.

Nein, sie würde nicht verkaufen.

Wenn aber ihre Mutter darauf bestehen würde?

Opa war auf ihrer Seite.

Fertig studieren und hier ein Büro aufmachen? Warum nicht?

Ihr Traum von der großen weiten Welt?

Begraben?

Eine Welle von Selbstmitleid drohte sie zu überspülen. Da meldete sich ihr Magen mit einem vernehmlichen Grollen.

Erst mal was essen, dann konnte sie vielleicht auch wieder klarer denken und noch mal mit Mutter reden.

Sie stieg wieder ein und fuhr in der einbrechenden Nacht nach Hause.

Als sie dort ankam, lag der Hof in tiefer Dunkelheit. Kein Fenster war erleuchtet, alles lag dunkel und still.

Pamela parkte vor der Tür, stieg aus und ging ins Haus.

Totenstille.

Sie horchte kurz im Flur und ging dann in die Küche. Die war aufgeräumt wie immer. Sie hatte sich ja auch für das Essen abgemeldet.

Sie stellte sich aus der Speisekammer eine Mahlzeit zusammen und setzte sich an den Tisch. Den kleinen Zettel, der auf der weißen Decke lag, bemerkte sie jetzt erst.

Ich komme morgen früh nicht mit. Ich schreibe dir eine Vollmacht. Du kannst dann entscheiden, wie du möchtest. Aber mach dir bitte auch Gedanken, wie es nach deiner Entscheidung weitergehen soll. Gruß Mama.

Gut, sie atmete tief ein, jetzt konnte sie allein entscheiden.

Nicht verkaufen, da war sie sich absolut sicher.

Und dann? Es würde sich ergeben. Das musste ja nicht sofort entschieden werden. Morgen den Termin überstehen, dann mit Martin sprechen. Das war ihr plötzlich unheimlich wichtig. Der war auf ihrer Seite, das wusste sie ja sicher.

Sie zerknüllte das Papier und legte es zur Seite. Jetzt erst mal essen. Sie schmierte sich Brote und holte sich noch zwei Flaschen Bier.

Danach fühlte sie sich besser und ging auch ins Bett.

Sie schlief schnell ein, hatte dann aber einen fürchterlichen Traum.

Der Rosenacker, zugewuchert mit Unkraut, sollte gepflügt werden.

Von ihr.

Sie war vor einen Pflug gespannt und ihre Mutter hielt die Zügel und eine lange Peitsche. Erbarmungslos wurde sie angetrieben.

»Du wolltest es so haben. Jetzt zieh es auch durch. Ein Feld muss auch bewirtschaftet werden, Zieh! Auf los, zieh!«

Und schmerzhaft schlug ihr die Schnur der Peitsche um die Ohren. Durch die ständig rinnenden Tränen sah sie am gegenüberliegenden Feldrand Jan. Aus seinen Taschen quollen Euro-Scheine und er lachte schallend. Oben am Berg stand Martin neben Sahra und dem Opa, die sich an den Händen hielten und zuschauten.

Martin wollte ihr helfen, er streckte die Arme nach ihr aus, konnte aber nicht weg, sosehr er sich auch bemühte, irgendetwas hielt ihn fest.

Und sie wurde weiter angetrieben und kam nicht von der Stelle.

Schweißgebadet wachte Pamela auf.

Sie strampelte die Zudecke weg und schwang die Beine vors Bett. Durch das Fenster konnte man schon die Dämmerung erkennen.

Oh Gott, was war das denn gewesen? Pamela stützte den Kopf auf und versuchte sich zu sortieren. Zum Glück nur ein Traum.

Nach einem kurzen Gang ins Bad kuschelte sie sich wieder unter die Bettdecke und schlief schnell wieder ein.

Kurz nach neun wurde sie von ihrer Mutter geweckt.

»Aufstehen, du musst aufs Rathaus. Du hast es schon eilig, ich hab dir ein Frühstück vorbereitet.«

Pamela war schlagartig wach.

»Morgen, ich hab gestern Abend deine Nachricht gefunden. Können wir noch mal kurz reden?«

»Nein, ich glaube, es ist alles gesagt. Die Vollmacht liegt auf dem Tisch, entscheide, wie du es für richtig hältst. Ich gehe zu Opa.«

Pamela schlug mit der Faust auf die Bettdecke. Dann halt nicht. Sie würde nicht verkaufen, das stand fest. Eilig machte sie sich fertig, aß ein wenig, trank im Stehen einen Kaffee und machte sich auf den Weg.

19

Auf dem Parkplatz vor dem Rathaus stand schon das Auto vom Konsul. Pamela parkte daneben und ging hinein.

Auf der Treppe fragte sie eine nett aussehende junge Frau, wo der Termin des Bürgermeisters stattfinden würde.

»Im Sitzungssaal, den Flur entlang, ganz hinten rechts.«

Pamela bedankte sich und folgte der Beschreibung.

Vor der Tür atmete sie erst einmal tief durch und klopfte dann an.

»Herein.« Die Stimme des Bürgermeisters war laut und freundlich.

Pamela betrat den Sitzungssaal und schaute sich schnell um. Gegenüber an den zu einem U gestellten Tischen saß der Rathaus-Chef. Rechts von ihm ein unbekannter Herr. Dann der Konsul und zwei Landwirte, die auch verkaufen sollten. Die Plätze auf der anderen Seite waren noch leer und der Bürgermeister winkte Pamela dorthin.

»Guten Morgen, Pamela, ist deine Mutter nicht mit?«

»Nein, sie lässt sich entschuldigen. Ich habe aber eine Vollmacht dabei und darf in ihrem Namen entscheiden.«

»Äh, in Ordnung, würdest du dann die Vollmacht schon mal dem Herrn Notar geben, damit der sie prüfen kann?« Er zeigte auf den Herrn neben sich. »Dann sind wir ja vollzählig und können beginnen.«

Er räusperte sich noch einmal und begrüßte dann die Anwesenden mit Namen und Funktion, danach kam er auf den Anlass der Sitzung zu sprechen.

Er versuchte gerade noch einmal die Vorteile der Ausweitung des Gewerbegebietes zu erläutern, als er vom Herrn Konsul unterbrochen wurde.

»Herr Bürgermeister, Sie erlauben, dass ich eine Einwendung mache. So wie Sie das darstellen, ist das meiner Meinung nach erheblich untertrieben. Diese Stadt hat jetzt die einmalige Gelegenheit, die Weichen für ihre Zukunft zu stellen. Die von mir vertretenen Investoren werden Millionen von Euro hier investieren. Für die Stadt wird das Gewerbesteuereinnahmen in ungeahnter Höhe bringen. Sie müssen lediglich dafür sorgen, dass es möglich ist.«

»Ich danke Ihnen, Herr Konsul von Dallenberger, aus diesem Grund sind wir ja zusammen.« Dem Bürgermeister war anzumerken, dass er verstimmt war. »Die Grundstückseigentümer sind da und die Verträge wurden von dem anwesenden Notar ausgearbeitet und können verlesen und dann unterzeichnet werden.«

Auf den Gesichtern der beiden Landwirte sah man die Vorfreude auf den erwarteten Geldregen.

Pamela rutschte auf ihrem Platz hin und her.

Schließlich hob sie den Arm.

»Herr Bürgermeister, ich«, sie musste schlucken, »also meine Mutter und ich haben uns entschlossen, nicht zu verkaufen.«

Der Konsul bekam einen hochroten Kopf und sprang von seinem Stuhl auf.

»Was soll das heißen, Sie verkaufen nicht? Ich war doch zweimal bei Ihnen und habe mit Ihnen, Ihrer Mutter und Ihrem Freund gesprochen und habe auch noch den Preis erhöht. Es war doch alles klar. Sie müssen jetzt unterschreiben. Ihr Grundstück hat eine Schlüsselrolle. Wenn Sie nicht verkaufen, dann wird es kein Gewerbegebiet geben. Sie bringen die Stadt um Millionen-Erträge. Wollen Sie das auf sich nehmen?«

Und wie soll ich das meinem Auftraggeber vermitteln? Das dachte er aber nur, voller Panik.

Pamela schaute sich um und sah in ratlose Gesichter. Damit hatte keiner gerechnet.

Der Bürgermeister schob die vor ihm liegenden Papiere hin und her.

»Habt ihr euch das auch gut überlegt? Als ich das letzte Mal mit deiner Mutter gesprochen habe, hatte ich das Gefühl, dass sie für einen Verkauf wäre.«

»Sie hat mir freie Hand gelassen.« Pamela stand auf. »Ich habe mich dann entschieden, dass wir nicht verkaufen werden. Ich bin der Meinung, man sollte nicht alles zubetonieren. Die Stadt hat ein Gewerbegebiet auf der anderen Seite. Eine Autobahn grenzt sie ein und wenn wir jetzt die letzte freie Seite auch noch zubauen, dann ist unsere gesamte Gemarkung versiegelt, kein Stück Natur mehr vorhanden. Ich weiß, Herr Konsul, dass Sie der Meinung sind, wenn genug Geld da ist, kann man dahin in die Natur fahren, wo es einem gefällt. Ich denke aber, man sollte auch in der Zukunft Natur vor der Haustür haben.«

Pamela wurde immer sicherer.

»Wenn wir unseren Kindern nur Beton und Teer hinterlassen, dann bin ich überzeugt, dass sie uns das irgendwann vorhalten werden. Geld ist nicht alles. Wenn ich hier wohne, dann ist mir auch Lebensqualität wichtig, und dazu gehört meiner Meinung auch ein Stück intakte Natur in der Nähe. Es tut mir leid, aber wir werden nicht verkaufen.«

Erleichtert setzte sich Pamela wieder hin.

›Wenn ich hier wohne‹? Hatte sie das wirklich gesagt? Ja, hatte sie. Oh Gott, sie hatte sich festgelegt.

Der Bürgermeister schaute sich um, sah aber nur betretene Gesichter. Der Konsul war offensichtlich sehr wütend. Die beiden Landwirte waren mit der Situation überfordert und warteten erst mal ab. Einzig der Notar machte einen gelösten Eindruck. Gelassen schob er seine Papiere zusammen und nahm seine Aktentasche auf den Schoß.

»Dann werde ich ja anscheinend nicht mehr gebraucht. Wenn das Grundstück von Langenbachs nicht verkauft wird, dann sind die anderen Verträge ja auch hinfällig. Herr Bürgermeister, Herr Konsul, meine Damen und Herren, ich darf mich dann verabschieden, meine Kanzlei wird der Stadt die Rechnung dann zukommen lassen. Auf Wiedersehen.«

Er steckte die Papiere in die Aktentasche und verließ den Sitzungssaal.

Der Konsul schaute Pamela wütend an.

»Ich habe Sie für schlauer gehalten. So ein Angebot bekommen Sie nie mehr. Was wird Ihre Mutter zu Ihrer Entscheidung sagen? Hoffentlich haben Sie sich das gut überlegt.«

Er stopfte seine Papiere in die Tasche und zeigte damit auf den Bürgermeister.

»Wir sehen uns bestimmt einmal wieder. Dann werde ich Sie nicht unterstützen. Das war auch für Sie eine einmalige Chance.«

Er stand abrupt auf und stürmte nach draußen.

»Dann können wir wohl auch gehen?«

Die beiden Landwirte verließen ebenfalls den Raum und Pamela und der Bürgermeister waren plötzlich allein.

»Das hätte ich jetzt nicht so von dir erwartet.« Der Bürgermeister schaute auf seine Hände. »Seit ich das letzte Mal bei euch war, kurz nach der Beerdigung deines Vaters, habe ich aber viel nachgedacht. Du hast mir ja damals schon gesagt, dass man nicht alles zubauen müsste. Eigentlich hast du recht. Ich konnte nur den eingeschlagenen Weg nicht so ohne Weiteres verlassen. Man kann fast sagen, du hast mir die Entscheidung abgenommen. Und du hast richtig entschieden. Aber das sage ich nur hier und jetzt und dir.

Ich finde es auch toll, dass du hier leben willst. Eine tüchtige Architektin können wir bestimmt gut gebrauchen. Ich glaube, wir sind auch ohne den Herrn Konsul auf einem guten Weg. Grüße deine Mutter von mir. Ich lass mich irgendwann noch mal bei euch blicken.«

Pamela reichte ihm die Hand und ging auch.

Draußen standen nur noch Pamelas Auto und die schwarze Limousine des Notars. Als sie die Treppe hinunterging, stieg der Notar aus.

»Frau Langenbach, dürfte ich Sie noch einen kleinen Moment aufhalten?«

Ratlos schaute Pamela ihn an.

»Natürlich, kein Problem, worum geht es denn?«

»Ich wollte Ihnen nur kurz noch etwas erzählen. Sie haben vorhin ja gerade Rückgrat bewiesen. Bevor Sie sich jetzt den Kopf zerbrechen und vielleicht ein schlechtes Gewissen haben, wollte ich Ihnen was sagen. Kommen Sie, gehen wir ein Stück.«

Er nahm ihren Arm und führte sie vom Rathaus weg.

»Man hat ja als Rechtsanwalt und Notar so seine Verbindungen. Ich habe schon vor längerer Zeit Informationen bekommen, dass ich bei Geschäften mit dem Konsul von Dallenberger sehr vorsichtig sein soll. Die Staatsanwaltschaft ist ihm auf der Spur. Er ist wohl im größeren Umfang in Geldwäscherei verwickelt. Wenn sich das als wahr herausstellt, dann ist es besser, man hat keine Geschäfte mit ihm gemacht.«

Er drehte sich wieder um und sie gingen zurück.

»Ich wollte Sie nur beruhigen, Ihre Entscheidung ist richtig. Nicht nur wegen des Konsuls. Man braucht um die Städte herum auch noch etwas Natur. Wie Sie sagten, Geld ist nicht alles. Leben Sie wohl und alles Gute für die Zukunft.«

Er reichte ihr die Hand, stieg in sein Auto und fuhr davon.

Pamela blieb nachdenklich zurück. Die Worte des Bürgermeisters und des Notars hatten ihr gut getan. Aber jetzt, wie ging es weiter?

Sie hatte sich entschieden und festgelegt.

Sie schaute sich um. Der Rathausplatz mit Brunnen und dem alten Pflaster, die Steine abgetreten und verwittert. Die Fassaden der um den Platz stehenden Häuser strahlten in der Sonne. Die Geschäfte in den unteren Etagen hatten geöffnet und füllten sich langsam mit Kunden. Die Eisdiele an der Ecke öffnete gerade und die Bedienung stellte die Tische auf den Bürgersteig, wo ein Pärchen schon ungeduldig darauf wartete. Alles war sehr übersichtlich und beschaulich.

Sie gehörte jetzt hierher, es war wieder ihre Stadt.

Es war ein schönes Gefühl. Sie fühlte sich gut. Angekommen.

20

Pamela kramte ihre Sonnenbrille aus der Tasche und schaute sich um. Sie musste ihr Glücksgefühl mit irgendjemandem teilen, aber erst mal ein Eis. Beschwingt ging sie zur Eisdiele und bestellte sich eins, Erdbeere und Nuss, so wie sie es als Kind schon geliebt hatte.

Nach Hause zu fahren, dazu hatte sie jetzt noch keine Lust. Sie wollte sich noch nicht mit ihrer Mutter auseinandersetzen.

Das Schlagen der Kirchglocke erschreckte sie. Elf Mal.

Sie könnte zu Martin fahren. Sie hatte den Tag vor sich und er würde sich bestimmt freuen.

Sie sagte ihrer Mutter kurz Bescheid, dass sie noch nicht nach Hause käme, lutschte schnell den Rest Eis und machte sich auf den Weg.

Nach zweieinhalb Stunden, ein Stau und eine kurze Pause hatten sie etwas aufgehalten, bog sie auf den Parkplatz der Klinik ein, stellte ihren Wagen ab, stieg aus und schaute sich um.

Die Klinik lag sehr schön. Sie war von einem gepflegten Park umgeben, der von schmalen, gepflasterten Wegen durchzogen war. Die alten Bäume mit ihren mächtigen Kronen spendeten den Bänken unter ihnen Schatten. Das Vogelgezwitscher und das Plätschern eines Springbrunnens waren die einzigen Geräusche.

Pamela ging zum Eingang. An der Pforte sah sie ein freundlich aussehender junger Mann an und fragte nach ihren Wünschen.

»Ich möchte gerne zu Herrn Martin Bürger.«

»Sind Sie angemeldet?«

»Nein, ich bin spontan hierher gefahren.«

Verschwörerisch lächelte sie der junge Mann an.

»Freundin?«

Pamela bekam einen roten Kopf, aber bevor sie antworten konnte, hatte er auf seinem Bildschirm Martins Daten geladen.

»Hier ist er, oh, er wird heute entlassen. Das passt ja. Er müsste eigentlich jeden Moment hier durchkommen. Die Patienten bekommen ihre Papiere immer nach der Mittagspause und dürfen dann gehen. Setzen Sie sich doch da drüben hin, dann können Sie ihn nicht übersehen.«

Pamela drehte sich um und setzte sich auf ein altes Ledersofa.

Die Menschen, die hierher kamen, hatten ja sicherlich schlimme Probleme, aber es war herrlich hier. Hier konnte man bestimmt allen Alltagsstress hinter sich lassen und sich erholen.

Durch die geöffnete Eingangstür wehte ein lauer Wind in die Halle und die Geräusche des Parks waren nur gedämpft zu hören. Im Haus war es absolut still, das lag wohl an der Mittagsruhe. Pamela schloss für einen Moment die Augen und ließ sich treiben.

»Pamela, was machst du denn hier?«

Erschreckt riss sie die Augen auf und erkannte Martin, der mit Koffer und Tasche vor ihr stand.

Sie war wohl tatsächlich eingenickt.

Hastig wollte sie aufstehen, wurde aber von Martin wieder zurückgedrückt und er setzte sich neben sie.

»Hallo Martin, entschuldige bitte, ich bin wohl eingeschlafen. Ich wollte dich besuchen, aber du wirst ja schon entlassen.«

»Ja, zum Glück. Ich darf nach Hause. Aber schön, dass du da bist. Wenn du mich mitnimmst, brauch ich nicht mit dem Zug zu fahren. Du fährst doch wieder nach Hause? Oder bist du nur auf der Durchreise?«

»Ja, ich fahre wieder nach Hause.«

Pamela durchströmte bei den Worten ein Glücksgefühl.

»Zu Hause ist in den letzten Tagen viel passiert. Ich habe dir viel zu erzählen. Aber wie geht es dir? Ist alles in Ordnung? Ich habe mit deinen Eltern gesprochen, die haben mir erzählt, dass du hier bist.«

»Meine Eltern haben mit dir gesprochen? Das ist aber ungewöhnlich.«

»Na ja, nur deine Mutter. Dein Vater war

schnell mit mir fertig, ist aber nicht schlimm. Ich kann ihn schon verstehen. Er hat sich Sorgen um dich gemacht. Hauptsache, dir geht es wieder gut. Komm, wir fahren. Wir haben viel Zeit und können uns alles erzählen.«

Sie stand auf und sie gingen nebeneinander her zum Parkplatz. Pamela fiel auf, dass Martin nicht mehr gebeugt ging. Es war, als wäre ein Gewicht von seinen Schultern genommen worden. Er bewegte sich viel freier und gelöster.

Pamela konnte kaum mit ihm Schritt halten und kam einen Moment nach ihm beim Auto an.

»Dir geht es ja offensichtlich besser, jetzt komm ich beim Joggen gar nicht mehr mit.«

»Ja, mir geht es gut. Hier haben sie mir sehr geholfen.«

Bevor er einstieg, drehte er sich noch einmal um, schaute zur Klinik und flüsterte: »Danke.«

Sie stiegen ein, schnallten sich an und Pamela fuhr los.

Nach ein paar Minuten Fahrt brach Pamela das Schweigen.

»Ich weiß jetzt, warum unsere Familien seit so langer Zeit verfeindet sind. Mein Opa hat uns endlich alles erzählt.«

»Wie kam das jetzt auf einmal?«

Martin schaute sie fragend von der Seite an. Pamela überholte einen LKW und scherte wieder auf die rechte Spur ein.

»Du weißt doch, dass wir den Rosenacker an die Stadt verkaufen sollten. Der Bürgermeister war bei uns und auch dieser windige Konsul. Das kennst du ja alles. Opa hat die Besuche mitbekommen und auch warum die Herrschaften bei uns waren. Als wir dann den ersten Termin im Rathaus hatten, da sagte er morgens zu meiner Mutter, die für einen Verkauf ist, dass das Feld gar nicht von uns verkauft werden kann, weil es uns nicht gehört. Wir sind natürlich aus allen Wolken gefallen. Wir haben den Termin halbwegs platzen lassen und uns nicht festgelegt. Opa hatte uns versprochen, endlich alles zu erzählen. Das hat er dann auch gemacht. Wir wissen jetzt, wie alles zusammenhängt, deine Familie, meine Familie, Frau Hüsch, oder Sahra, ich bin mit ihr jetzt per du. Der Grund für den Streit liegt schon so lange zurück, es ist eigentlich gar nicht zu glauben.«

»Kannst du es mir auch erzählen? Ich möchte auch gerne Bescheid wissen.«

»Natürlich, deshalb bin ich ja gekommen.«

Und Pamela erzählte. Martin hörte gespannt zu.

An der Stelle, wo Hubertus ums Leben kam, merkte man ihm an, wie ihn das mitnahm. Er wurde blass und presste seinen Mund zu einem schmalen Strich zusammen.

Pamela bemerkte es besorgt.

»Sollen wir eine Rast machen?«, fragte sie ihn.

»Alles gut. Nur die verdammten Kriege. Was haben die alles zerstört. Meine Probleme habe ich ja auch aus Afghanistan mitgebracht. Aber erzähl weiter.«

»Kannst du über deine Probleme jetzt sprechen?«

Er nickte. »Aber erzähl du erst fertig.«

Und Pamela erzählte weiter, die ganze Geschichte bis zum heutigen Morgen, wo sie den Verkauf des Rosenackers abgelehnt und sich zum Bleiben entschlossen hatte.

Martin hatte sich wieder gefasst und als sie geendet hatte, legte er ihr spontan eine Hand aufs Knie.

Pamela erschrak ein wenig, genoss dann aber das schöne Gefühl.

»Das sind doch richtig gute Nachrichten. Es ist richtig, dass du nicht verkaufst. Du hattest auch allein das Recht zu entscheiden. Mit deiner Mutter musst du dich natürlich jetzt noch auseinandersetzen. Wenn sie aber hört, dass du hierbleiben willst, wird sie das beruhigen. Was willst du aber mit dem Feld machen?«

»Das weiß ich jetzt auch noch nicht. Darüber hab ich mir noch keine Gedanken gemacht. Jetzt sind wir aber gleich zu Hause. Ich fahre dich heim. Dann muss ich auch nach Hause. Mutter und Opa wissen ja noch nichts. Ich hatte nur Bescheid gesagt, dass ich zu dir fahre. Treffen wir uns morgen früh hier? Dann kannst du mir deine Geschichte erzählen. Ich freue mich aber jetzt schon sehr, dass es dir so viel besser geht. Deine Eltern werden sich auch freuen. Es wird bestimmt alles gut.«

Sie setzte Martin ab und fuhr durch die Stadt, die sie jetzt mit ganz anderen Augen sah, ebenfalls nach Hause.

Ihre Mutter deckte den Tisch für das Abendessen und Opa saß am Fenster wie immer.

Ihre Mutter begrüßte sie mit einem eisigen Blick.

»Wo warst du so lange?«

»Bei Martin in der Klinik. Es hat gepasst, ich habe ihn mit nach Hause gebracht.«

»So, war er wichtiger als wir?« Ihre Mutter schaute sie vorwurfsvoll an.

Pamela blieb in der Tür stehen und atmete tief ein und aus.

»Nein, ist er nicht. Ich wollte mir aber erst einmal selber klar machen, was meine Entscheidung bedeutet. Ich brauchte etwas Zeit.«

»Und, hast du dich entschieden?«

»Ja. Wir werden nicht verkaufen.«

Opa entspannte sich sichtlich und auf seinem Gesicht machte sich ein Lächeln breit.

»Das hab ich mir gedacht.«

Sie stellte die Gläser, die sie in der Hand hielt, ab, setzte sich und schaute Pamela mit versteinertem Gesicht an.

»Und wie soll es jetzt weitergehen?«

Pamela ging zum Tisch und setzte sich ihrer Mutter gegenüber.

»Ich werde hierbleiben, wenn es dir recht ist. Die Stallungen sind ja noch nicht umgebaut. Ich dachte, wir können sie als Büroräume ausbauen und hier auf der Hofseite ein helles Atelier für mich schaffen.«

Nach einem Moment des Schweigens stand die Mutter auf, kam um den Tisch, zog Pamela hoch und schloss sie fest in die Arme.

»Das ist gut. Wenn du das so machen willst, dann war es richtig, dass du nicht verkauft hast. Ich glaube, Vater wäre auch sehr froh.«

Pamela kämpfte jetzt auch mit den Tränen. Um nicht komplett die Fassung zu verlieren, sprach sie praktische Dinge an.

»Ich muss aber erst mit dem Studium fertig sein. Dann komme ich wieder. In der Zeit kann aber gebaut werden. Vielleicht klappt es ja und ich bin mit dem Studium zur gleichen Zeit wie die Bauarbeiten fertig. Das wäre doch super.«

Zitternd erhob sich der Opa aus seinem Sessel.

»Pamela, kannst du mal zu mir kommen?«

Er streckte die Arme nach ihr aus und drückte sie fest.

»Jetzt wird alles gut. Du hast richtig entschieden. Ich bin so froh.«

Gerührt erwiderte Pamela die Umarmung und half dem Opa dann zum Tisch.

Beim Abendessen erzählte Pamela von der Sitzung und dem seltsamen Auftritten des Konsuls, des Notars, und dass der Bürgermeister auch seine Meinung zum Gewerbegebiet geändert hätte.

Sie erklärte auch, dass sie dann erst einmal für sich hatte sein wollen. Die zwei Stunden Fahrt zu Martin seien sehr gut für sie gewesen, um sich zu sammeln. Dass sie Martin unbedingt wiedersehen wollte, das erzählte sie nicht.

Als sie aber Martin erwähnte, fragte ihre Mutter nach.

»Wie geht es ihm? Hat er immer noch solche Probleme oder ist es besser?«

»Es geht ihm gut, die Therapie in der Klinik hat ihm wohl sehr geholfen. Er ist völlig entspannt und gelöst. Wir wollen uns morgen früh am Rosenacker treffen. Dann will er mir seine Geschichte erzählen. Ich bin sehr gespannt darauf.«

»Ja, dann sind wir ja wieder beim Rosenacker. Was willst du denn jetzt damit machen?«

»Wenn ich das nur wüsste. Selber etwas damit machen kann ich nicht, ich habe ja gar keine Ahnung. Die Kartoffelernte ist ja noch vergeben. Das hat ja Vater noch geregelt. Alles Weitere findet sich, es wird schon eine Lösung geben.«

Ihre Mutter griff über den Tisch und nahm

Pamelas Hand.

»Erst einmal ist wichtig, dass du hierbleibst. Ich bin sehr froh darüber und es ist auch eine gute Entscheidung, ich danke dir dafür.«

Pamela schossen wieder die Tränen in die Augen.

»Ich glaube auch, dass es richtig ist. Vor allen Dingen weiß ich jetzt auch, wo ich zu Hause bin.«

21

Die Stimmung am nächsten Morgen beim Frühstück war sehr gelöst. Pamela war früh wach geworden, hatte schnell den Tisch fertig gemacht und dann eine Runde durch den Garten gedreht. Hier waren alle Beete sehr ordentlich angelegt und gepflegt. Nutzpflanzen wechselten sich mit Blumenbeeten ab und es war wunderschön anzuschauen. Mit Unbehagen dachte sie an das Blumenbeet am Rosenacker, das Unkraut und die zugewucherten Wege. Sie mussten unbedingt dort Ordnung machen.

Als sie wieder ins Haus kam, saßen ihre Mutter und der Opa schon am Tisch.

»Guten Morgen, du bist ja noch hier, ich dachte, du wärst schon zum Laufen. Du wolltest dich doch mit Martin treffen?«

»Ja, aber erst später. Sag mal, ich war im Garten, das sieht ja alles super aus. Da ist mir erst richtig bewusst geworden, wie ungepflegt jetzt das Blumenbeet am Rosenacker aussieht. Da müsste unbedingt Ordnung gemacht werden.«

Sie schaute fragend zu ihrer Mutter. Doch die zuckte nur mit den Schultern und schaute auf ihr Brot.

»Na sicher muss da Ordnung gemacht werden,

von selber wird das nicht. Wenn du anfängst, helfe ich dir. Du musst mir nur Bescheid sagen.«

Pamela kapierte in diesem Augenblick, dass sie jetzt Verpflichtungen hatte. Ihr fiel der Traum wieder ein und sie meinte die straffen Zügel und die Peitsche zu spüren.

Sie nahm die Herausforderung an und antwortete mit fester Stimme:

»Ich werde mich darum kümmern. Jetzt lasst uns erst mal frühstücken und dann treffe ich mich mit Martin.«

Die Mutter bemerkte wohl den seltsamen Unterton bei Pamela, sagte aber nichts und kümmerte sich weiter um ihr Frühstück.

Nach dem Tischabräumen zog Pamela sich ihre Laufsachen an und kam noch einmal in die Küche, um sich zu verabschieden. Ihre Mutter musste wieder schallend lachen.

»Immer noch wie eine umgedrehte Flagge. Willst du dir nicht mal andere Klamotten kaufen? Du wirst ja jetzt öfter hier laufen. So lachen sich ja die Leute kaputt.«

Pamela ging darauf ein.

»Noch bin ich ja eine Studentin. Da kann ich es mir noch so erlauben. Wenn ich erst als Architektin hier bin, dann werde ich seriös. Aber bis dahin, so wie es mir gefällt. Tschüss bis nachher.«

Winkend verließ sie die Küche und machte sich auf zum Rosenacker.

Das Wetter war wieder herrlich. Ein leichter Wind trieb die Schäfchenwolken langsam über den Himmel. Es war angenehm warm und Pamela schlenderte den Weg zur Eiche hoch. Sie war zu früh. Martin war noch nicht da und sie genoss die Ruhe und den Blick über die Stadt. Sie hatte richtig entschieden, da war sie sich sicher. Wie es mit dem Feld weitergehen sollte, das wusste sie zwar noch nicht, aber alles war besser als zugebaut. Vielleicht hatte ja Martin eine Lösung. Sie freute sich auf ihn und war gespannt auf seine Geschichte.

Was doch manche Menschen für Geheimnisse und Probleme mit sich herumtragen mussten. In den letzten Tagen hatte sie so viel erfahren und ihr Leben hatte sich so verändert. Wie oberflächlich war sie doch gewesen. Sie hatte sich ja gar keine Gedanken gemacht, auch nicht machen müssen.

Jetzt war aber alles anders. Sie hatte Verantwortung, sie war zuständig. Ihre Mutter würde ihr zwar helfen, aber entscheiden, das musste sie.

Das laute Zanken von zwei Sperlingen im Baum hinter ihr riss sie aus ihren Gedanken. Sie bemerkte jetzt auch Martin, locker kam er den Weg hochgejoggt und setzte sich kurz darauf neben sie auf die Bank.

»Morgen, du warst aber früh da. Du bist ja gar nicht mehr außer Atem.«

»War ich gar nicht. Ich bin nur hierher spazieren gegangen und habe mich daran gefreut, dass alles so bleibt, wie es ist.«

»Also stehen hier für immer Kartoffeln?«

»Wohl kaum. Ich will aber jetzt deine Geschichte hören. Du hast versprochen, sie mir heute zu erzählen.«

»Mach ich ja auch.«

Martin rutschte etwas von Pamela weg und sein Blick ging in die Ferne.

»Ich war bei der Bundeswehr. Das hab ich dir ja schon erzählt. Irgendwann ging es dann nach Afghanistan. Ich war erstaunt, wie karg dieses Land ist. Es war Hochsommer und alles war trocken und staubig. Wir mussten jeden Tag Patrouille fahren. Es war immer dieselbe Stecke. Der Weg führte durch ein Tal, das in eine offene freie Fläche überging. Dort gab es ein Dorf. Es waren arme Leute. Sie hatten nur Ziegen und Schafe, waren aber sehr freundlich. Mit der Zeit kannte man einige von ihnen. Vor allen Dingen die Kinder. Wenn wir kamen, standen sie am Straßenrand. Wir hatten immer etwas dabei, was wir ihnen zuwarfen. Vor dem Dorf war ein alter Stall.«

Martin stützte sich mit den Händen auf die Bank und setzte sich gerade hin. Nach einer kurzen Pause sprach er weiter.

»An der Ecke dieser Hütte stand ein Rosenstock. Du musst dir das vorstellen«, er drehte sich zu Pamela hin und unterstrich seine Worte mit beiden Armen, »ein alter, kleiner verfallener Stall, alles drum herum vertrocknet und braun. Dieser Rosenstock aber mit grünen Blättern und roten Blüten. Es war ein unfassbares Bild, ein Wunder. Ich konnte es kaum erwarten, ihn zu sehen. Es war wie eine Sucht. Immer wenn wir aus dem Tal kamen, hatte ich Angst, er wäre nicht mehr, vertrocknet, abgeschnitten oder von den Ziegen gefressen. Aber er erfreute mich den ganzen Sommer.«

Martins Gesicht hatte sich verändert. Pamela hatte den Eindruck, als täte es ihm leid, dass er überhaupt angefangen hatte zu erzählen. Seine Züge waren erstarrt.

»Vielleicht«, fuhr er dann aber fort, »hältst du mich für verrückt ... aber ...« Er schluckte. »Weißt du, dieser Rosenstrauch, er war in all dem Elend, das ich sah, etwas geradezu Überirdisches. Du verstehst es vielleicht nicht ... die Toten, die vielen Toten ... der Geruch von Blut ... was wir tun mussten, was wir glaubten, tun zu müssen ...«

Pamela rührte sich nicht. Vielleicht war *sie* es ja, der es leid tat, dass Martin überhaupt angefangen hatte zu erzählen.

»Nein«, sagte Martin heiser, »ich bin nicht verrückt. Nicht mehr als alle anderen, die zurückkamen. Es war nur so ... dieser Rosenstrauch, er war irgendwann alles für mich. Seine reine, absichtslose Schönheit berührte mich. Aber es war so viel mehr: Ich erkannte, dass ich noch etwas fühlte, wenn ich ihn sah. Solange er da war, gab es Hoffnung. Hoffnung, dass das alles ein Ende hätte. Und dann … dann kam es, das Ende. Nichts ging mehr. Für mich war es vorbei, an diesem Tag.«

Martins Blick verlor sich wieder in der Ferne.

»Eines Tages, wieder waren wir auf Patrouille, ich konnte es kaum erwarten, meine Rosen zu sehen, da passierte es.«

Martin knetete seine Hände und sprach dann leise weiter.

Pamela wagte kaum zu atmen.

»Wir kamen aus dem Tal. Der kleine Stall mit dem Rosenstock war schon zu sehen. Seine Blüten leuchteten in einer verschwenderischen Pracht. Es war unfassbar schön. Ich achtete nur auf die Rosen und war so froh.

Dass aus dem kleinen Giebelfenster über dem Rosenstock eine Rakete auf uns abgefeuert wurde, kapierte ich gar nicht. Sie verfehlte uns aber und detonierte hinter uns an einem Felsen. Wir schossen zurück. Die Angreifer hatten die Hütte aber schon verlassen und verschwanden im unwegsamen Gelände dahinter. Die Granaten zerfetzten den alten Stall und mit ihm auch die Rosen. Als der Rauch und der Staub sich verzogen hatten, war nichts mehr da. Vom Stall nur ein Haufen Steine und vom Rosenstock gar nichts mehr.«

Martin stützte seinen Kopf in die Hände und verstummte.

Pamela sah, wie er mit sich rang. Sie wusste aber nicht, was sie machen sollte. Angespannt wartete sie.

Er atmete tief durch und erzählte dann weiter.

»Es war keinem was passiert. Das war das Wichtigste. Aber der Rosenstock, meine Rosen, die hatten wir zerstört. Dieses Wunderwerk der Natur, das mir in dieser kargen Landschaft so viel Freude gemacht hatte, weg, einfach weg. Ich konnte es nicht fassen. Ich hatte solche Schuldgefühle.

Ich meldete mich krank und wurde behandelt. Aber ich kam nicht darüber hinweg. Ich verließ die Truppe, kam nach Hause. Hier aber dasselbe. Ich hatte Depressionen, Schlafstörungen und Schuldgefühle.«

Er drehte sich zu Pamela um und sah sie an. Sie war unfähig, etwas zu sagen.

»Dann erzählst du mir, dass hier auf die Seite der Stadt auch noch ein Gewerbegebiet erschlossen werden sollte. Noch mehr Zerstörung. Das war zu viel für mich. Ich hatte das Gefühl, ich wäre schuld. Jede Nacht hatte ich Albträume. Als es gar nicht mehr ging, da habe ich mich selber eingewiesen. In der Klinik gibt es eine junge Ärz-

tin. Sie hat meine Not verstanden und stundenlang mit mir geredet. Ich bin ihr sehr dankbar.«

»Jetzt kennst du meine Geschichte auch«, sagte
Martin nach einer langen Pause. »Ich weiß nicht,
ob ich sie jedem erzählen kann. Ich kann aber
überhaupt darüber reden. Und ich kann nach
vorn schauen, und ich habe keine Angst mehr vor
der Zukunft. Wie immer sie auch aussehen mag.«

Er schaute über das Feld und dann zu Pamela.

»Da hast du es jetzt etwas einfacher. Du weißt,
wie es für dich weitergeht. Du hast ein Ziel. Ich
muss meins noch suchen.«

22

Sie schwiegen und hingen ihren Gedanken nach. Martin hob ein dünnes Ästchen auf und zerbrach es in kleine Stücke, die er wegschnippte.

Der Wind war etwas heftiger geworden und die Wolken dichter. Die Vögel im Baum zankten sich noch immer. Pamela fröstelte. Dann sagte sie:

»Als ich das letzte Mal mit Sahra, oder Frau Hüsch, hier gesessen habe, da ist das Wetter umgeschlagen. Wir haben geredet und nicht darauf geachtet. Wir waren dann nass bis auf die Knochen. Ich hab sie nach Hause gefahren, wenn sie auf ein Taxi hätte warten müssen, wäre sie wahrscheinlich ertrunken.«

Martin lächelte und schaute zum Himmel.

»Das wird heute nicht passieren. Die Wolken sehen nicht wie Regenwolken aus, leider. Die Natur könnte Wasser gebrauchen. Schau dir nur deine Kartoffeln an. Die Blätter rollen sich zusammen. Das schon so früh, ein deutliches Zeichen, dass sie die Verdunstung minimieren wollen.«

Pamela schaute sich die Kartoffeln genauer an.

»Stimmt, da habe ich gar nicht bemerkt. Man muss aber schon genau hinsehen, um es zu bemerken. Jetzt hab ich auch noch etwas gelernt.«

»Du willst ja auch Architektin werden, da lernt man andere Sachen.«

»Stimmt, aber wie soll es denn mit dir weitergehen? Hast du schon irgendwelche Pläne?«

Martin warf den Rest des kleinen Astes über den Weg in die Kartoffeln.

»Nein, konkret hab ich noch keinen Plan. Aber ich will draußen arbeiten. Nicht eingesperrt in einem Büro oder so etwas. Mit meinen Händen was schaffen und sehen, was ich gemacht habe. Gärtner oder so etwas. In der Natur.«

»Hast du gestern eigentlich noch mit deinen Eltern geredet? Konntest du es ihnen auch erzählen?«

»Ja, wir haben noch lange zusammengesessen. Ich habe meine Geschichte erzählt und auch das, was du mir erzählt hast. Meine Eltern wussten ja auch nicht, worum es bei dem Streit mit euch ging. Es hat sie ziemlich erschlagen. Beide sind aber der Meinung, dass das ja schon sehr lange her ist und wir alle ja gar nichts dafür konnten. Ihnen war auch ich erst einmal wichtig. Meine Mutter ist natürlich erst einmal froh, dass es mir besser geht. Papa auch, der kann es nur nicht so zeigen. Er hätte auch einen Job für mich. Er könnte mich in seiner Firma unterbringen. Das will ich aber nicht.«

Pamela sprang plötzlich auf und ging ein paar Schritte zur Seite.

Martin schaute ihr verwundert nach.

»Was ist denn jetzt los? Hab ich was falsch gemacht?«

Pamela winkte ab.

»Warte mal, ich hab da so eine Idee.«

Nervös ging sie ein paar Schritte hin und her und stellte sich dann vor Martin.

»Du hast doch gerade gesagt, dass du am liebsten als Gärtner arbeiten würdest.«

»Ja, das wäre mein Traum.«

Sie setzte sich wieder neben ihn und nahm seine Hände.

»Dann mach das doch. Lerne Gärtner. Ich werde Architektin. Ich kann mit dem Rosenacker nichts anfangen. Aber du, als Gärtner, du kannst das. Und weißt du, was wir anbauen?«

Sie sprach vor Aufregung immer schneller und hielt Martins Hände immer fester.

»Rosen, Martin, wir pflanzen das ganze Feld voll Rosen. Kannst du dir das vorstellen? Rote Rosen, ein ganzes Feld voll. Und du hegst und pflegst sie.«

Martins Augen wurden feucht und er erwiderte den Druck ihrer Hände.

Pamela sprach schnell weiter.

»Das wird unsere Familien auch endlich wieder versöhnen. Wir beide schaffen das.«

»Ist das dein Ernst?« Martins Stimme war voller Zweifel.

»Natürlich ist das mein Ernst.«

Pamela stand auf und zog Martin hoch. Sie drehte sich zur Seite und zeigte mit einer Hand über das Feld.

»Endlich wird das Feld dann seinem Namen gerecht. Es wird durch uns ein Rosenacker.«

Epilog

Pamela und Martin zogen ihre Pläne durch.

Sie plante den Umbau der alten Stallungen in Büroräume. Es war so viel Platz, dass auf der einen Seite des Gebäudes Werkräume für eine Gärtnerei und eine kleine Halle für die Maschinen eingeplant werden konnten. Diese Pläne machte sie mit Martin gemeinsam und sie hatten an dem gemeinsamen Ausarbeiten großen Spaß. Eine Baufirma wurde beauftragt und versprach einen zügigen Baufortschritt.

Martin fand eine Lehrstelle in einer Gärtnerei und war sehr glücklich über seine Entscheidung. Sein Vater konnte es anfangs nicht verstehen. Martins Mutter konnte ihn aber davon überzeugen, dass der eingeschlagene Weg der richtige war.

Im Herbst wurden die Kartoffeln geerntet, so wie es Pamelas Vater noch geplant hatte. Nach der Ernte fing Martin mit Hilfe seines Lehrbetriebs an, das Feld für die Rosen vorzubereiten. Er arbeitete jede freie Minute. Anfangs half ihm Pamela, dann musste sie wieder an die Uni. Allein kam Martin nur sehr langsam voran. Damit es schneller ging, fragte er eines Tages seinen Vater, ob er ihm helfen würde. Der war erst einmal erschrocken und konnte sich nicht vorstellen, auf einem Feld von Langenbachs zu arbeiten. Martins Begeisterung steckte ihn aber an und er ging schließlich mit ihm.

Im nächsten Frühjahr waren die Rosen alle gepflanzt und die ersten Blüten erstrahlten in einen herrlichen Rot.

Frau Hüsch ließ sich an allen schönen Tagen zu der Bank unter der Eiche fahren und freute sich an dem herrlichen Anblick. Pamelas Mutter schaute auch immer öfter vorbei und versorgte die Männer mit Essen und Trinken. Der Opa wollte genau über die Fortschritte informiert werden. Als er immer öfter hörte, dass Frau Hüsch am Acker war, wollte er auch dorthin. Es wurde schließlich so geregelt, dass das Taxi bei schönem Wetter beide alten Leute einsammelte und sie dann auf der Bank unter der Eiche saßen und sich am Anblick des Rosenackers erfreuten.

Der Abschluss von Pamelas Studium und das Ende von Martins Lehre fielen in denselben Sommer. Die Rosen hatten sich wunderbar entwickelt und der Verkauf hatte begonnen.

Pamela und Martin fassten den Plan, ihre Abschlüsse mit einem Rosenfest zu feiern. Es sollte auf dem Parkplatz am Feld stattfinden.

Es wurde ein voller Erfolg. Alle Vereine der Stadt beteiligten sich. Der Bürgermeister eröffnete das Fest. Er beglückwünschte Martin und Pamela zu ihrem Erfolg und betonte, dass das Rosenfeld eine Bereicherung für die Stadt sei. Nur dem Weitblick von Pamela sei es zu verdanken, dass es jetzt so etwas in ihrer Stadt gebe.

Frau Hüsch und dem Opa wurde der Trubel am Parkplatz bald zu viel. Sie baten Martins Vater, der mittlerweile auch sehr stolz auf die jungen Leute war, sie mit dem Auto zu der Bank unter der Eiche zu fahren. Dort saßen sie dann in der untergehenden Sonne, freuten sich am Anblick der blühenden Rosen und sahen dem Treiben der anderen schweigend zu, Hand in Hand.

Martins Eltern und Pamelas Mutter saßen an einem Tisch und unterhielten sich. Alle drei konnten nicht verstehen, dass sie so lange nicht miteinander gesprochen hatten. Sie hofften, dass jetzt alles gut würde, und beteuerten sich, dass so etwas nie wieder passieren dürfe.

Martins Eltern kündigten auch an, in den nächsten Tagen den pünktlich fertig gewordenen Umbau von Langenbachs Stallungen anzuschauen. Pamelas Mutter freute sich darauf.

An diesem Abend wurden Pamela und Martin auch ein Paar. Als alle Gäste fort waren, Frau Hüsch und Opa wieder abgeholt und sich Ruhe und Frieden über alles senkte, da standen sie allein vor dem kleinen Zelt, jeder mit einem Glas Wein, und schauten sich an. Pamela hob ihr Glas und wollte mit Martin anstoßen. Dieser nahm ihr aber das Glas ab, stellte es mit seinem auf einen Tisch und nahm Pamela in die Arme.

»Ich denke, wir sind ein tolles Team. Es waren viele Umwege nötig, aber jetzt gehört uns alles Glück der Welt. Lass es uns gemeinsam festhalten und nie wieder loslassen.«